U0490788

鲜花大道

吕不二 著

哈尔滨出版社
HARBIN PUBLISHING HOUSE

图书在版编目（CIP）数据

鲜花大道 / 吕不二著. -- 哈尔滨：哈尔滨出版社，
2024.9
ISBN 978-7-5484-7948-2

Ⅰ.①鲜… Ⅱ.①吕… Ⅲ.①短篇小说 – 小说集 – 中
国 – 当代 Ⅳ.①I247.7

中国国家版本馆CIP数据核字（2024）第110906号

书　　名：**鲜花大道**
　　　　　XIANHUA DADAO

作　　者：吕不二　著
责任编辑：滕　达
版式设计：和衷文化

出版发行：哈尔滨出版社（Harbin Publishing House）
社　　址：哈尔滨市香坊区泰山路82-9号　　邮编：150090
经　　销：全国新华书店
印　　刷：北京建宏印刷有限公司
网　　址：www.hrbcbs.com
E – mail：hrbcbs@yeah.net
编辑版权热线：（0451）87900271　87900272
销售热线：（0451）87900202　87900203

开　　本：880mm×1230mm　1/32　印张：7.75　字数：158千字
版　　次：2024年9月第1版
印　　次：2024年9月第1次印刷
书　　号：ISBN 978-7-5484-7948-2
定　　价：68.00元

凡购本社图书发现印装错误，请与本社印制部联系调换。
服务热线：（0451）87900279

目录

1 / 两个妈妈

24 / 鲜花大道

47 / 一个拒绝说话的人

69 / 寻找张顶天

93 / 回家

113 / 垂垂老矣

129 / 肖红女士

147 / 李阿姨的退休生活

165 / 枪声回荡

183 / 好爸爸坏爸爸

203 / 咫尺

221 / 酒鬼

239 / 后记

两个妈妈

王芳这会儿坐在广场边的一个石墩子上。再过一个月，她就要生了，现在她的肚子又圆又大，走一会儿就得停下来休息一下。广场离家很近，很多认识的人都在广场上转悠，王芳笑着和他们打招呼。这一刻的王芳其实不愿意多说话，她也一直不是一个能说会道的人。她刚打完一个电话，是打给在东莞打工的妈妈的。她想了很久，才打了这个电话，打完她就后悔了。这是她几乎能预料的结果，可惜电话已经打出去了。

电话里，王芳很客气地和妈妈说自己还有一个月就要生了。妈妈在那头沉默了几秒钟，然后轻轻说了声"哦"，轻得像鱼吐出来的泡泡，然后就沉入了深不可测的海底。王芳说："你忙吗？"妈妈说："就那样，上班下班，忙也不忙。"妈妈说完这句话，王芳就不知道说什么了。她在想，要不要就这样挂了电话，就当什么都没发生过。妈妈难道不知道她要说什么吗？即使妈妈不知道她要说什么，难道自己的女儿要生产了，做妈妈的依然会无动于衷吗？可惜，隔着电话，她看不清妈妈的表情，也无法猜得妈妈的心思。她几乎就要挂掉电话了，可嘴巴里却说："你不过来吗？"说出这句话，她就后悔了，仿佛话不是她说的，而是另一个人替她说的。可这不也是她心里一直想问的吗？接下来又是一阵短暂的沉默，这大概十秒钟的时间让王芳有些承受不住。她有些脸红，仿佛被陌生人看到了自己竭力隐藏的不堪，慌乱而又不知所措。然后，她听见电话那头说："那我就过去吧，我收拾一下过些天就过去。"

挂了电话，王芳似乎仍能清晰地感受到妈妈话语里的无奈和叹息。那些无奈和叹息在她的脑海里荡漾着，海水一样拍打着她，裹挟得她说不出话来。

妈妈要过来了，这应该是一件让人高兴的事，也是王芳一直期待的事。尽管她想要妈妈过来，却不想要一个不愿意过来的妈妈过来。想到这儿，王芳觉得刚才的电话更像是一种逼迫，强行要来一个彼此都不愿意看到的结果。即使妈妈不过来，她也可以让婆婆来照应，完全应付得来。那么她为什么还要打这个电话呢？她只是想试探一下，试探一下一个妈妈对于女儿——怀孕的女儿的心情。她想从妈妈那里得到的是兴奋、急切、喜悦、祝福……像许多妈妈对女儿一样。她期待过，并在心里演绎了无数遍这样的对话和场景，那种母女之间该有的亲密和温暖。但是，她知道，这只是期待。她期待得那么深，只因为从未拥有过而已。就像这一次，她知道不该打这个电话的，在心里期待一下就好。结果和她想的一样，迎接她的从来都是无奈和叹息，夹杂在可以预料的陌生中，让彼此都进退两难。

其实，在大概五个月前，王芳就给妈妈打过电话的。那时，她的肚子还没有显出来，接送琪琪、上班做饭啥的都不受影响。知道自己怀孕后，她就想着要告诉妈妈，让妈妈过来照顾自己。琪琪从出生到现在基本都是婆婆在照顾，这次她怀了老二，婆婆也早早给她表了态，她只要招呼一声，婆婆随时就可以过来。可王芳想着婆婆已经照顾了老大，老二理应让妈妈来照顾，起码照顾到一岁，会走路了再说。她把这个意思给婆婆说了，婆婆自然说好好好。

那次，王芳也是在广场的石墩子上给妈妈打的电话。她带着憧憬和喜悦，毫不犹豫地拨通了妈妈的电话。那次她完全没有想那么多。她只是想着，无论如何，妈妈得过来。电话一接通，她就兴奋地告诉妈妈自己怀孕了，然后又笑着叽里咕噜地说了好多话，让妈妈在她生产前一个月过来。如果她反应大、不方便的话，妈妈就得提早过来。她好像从来没对妈妈一口气说过那么多话。她以前和妈妈说话，每次都不会超过十句，而且都是客客气气的，完全不像母女之间的对话。那一次，她觉得不一样了，她像一个女儿一样对妈妈发出可爱的命令，甚至有些撒娇的成分在里面。

妈妈的语气似乎也是温热的，毫不迟疑地答应了王芳的要求，就像那是她的责任，她一直等待着这幸福的召唤，她怎么能不满心欢喜地接受呢？这也是王芳一直所想的妈妈。妈妈不都是应该为女儿义无反顾的吗？所有的妈妈不都应该是这样的吗？

挂了电话，王芳依然兴奋着，一心想着妈妈要过来照顾她了，像一个得到了礼物的孩子。她把这个消息几乎告诉了她认识的每一个人，想让每一个人分享她内心的喜悦。有时是别人问起说："这次是谁来照顾你啊？"她就欢喜地说："我妈妈来照顾我，过几个月就来了。"大部分的时候，都是她主动说起的。一个孕妇和别人聊天，难免说到肚子里的孩子，进而说到生产时的种种准备，必然要说到伺候月子的事情。这时，她就会充满底气地给人家说："这次我妈妈过来，老大她就没过来照顾，这次老二她非来不可。"说完这句话，她就不由自主地笑了，大家跟着她一起笑了起来。"妈妈要来了！"这似乎是她从小到大一直念叨的一句话，只不过好些年过去了，这句话像崖畔的回声一样，越来越远，也越来越弱，几近虚无，也不愿提起。她内心的期盼，从最高处一直往下滑落，到了最后，期盼似乎还有一些残留，更多的却是羞耻。

现在，王芳可以肯定，她内心还是有期盼的。这种期盼似乎并没有她想象的那样，微弱到了可有可无的程度。它一直被她强行幽闭在内心深处，不被允许走到太阳底下来生根发芽。她好不容易把它幽闭起来，为此，不知耗费了多少时间与精力。倘若它一不小心见了光发了芽，再次失去控制，在她体内疯长成一棵大树，直至占领她的整个身体，那个时候，她不是又成了从前那个绝望而又孤独的小女孩了吗？谁会又一次解救她于漫无边际的绝望与孤独之中呢？打给妈妈的电话似乎就是这样一束可怕的幽光，也是一次可怕的失控。在那一刻，她好像被什么东西蛊惑了，成了遥远的回忆里期待妈妈归来的小女孩，终于不管不顾地把心底攒了很久的话对妈妈说了出来。这是多少年来，她第一次像一个女儿一样对妈妈说话，这是一种惊喜而又慌乱的感觉，或许还夹杂着一些害怕。电话挂了后，王芳从那种激动中平复了下来，感到不可思议。她刚才干了什么？怎么会用那种语气和妈妈说话？那是她吗？是曾经的她还是现在的她？是少年的她还是已经成了妈妈的她？而哪个又是真正的她呢？想到这些，她就有点儿头痛，这是她无法想清楚的问题。

后来，王芳就在惶恐忐忑中等待妈妈的电话，等到离生产还有一个多月了，她的肚子越来越大，做什么都越来越不方便了，妈妈的电话还没有打过来，她不知道妈妈到底是过来还是不过来。其实，上次给妈妈打电话后，她就希望妈妈很快打电话过来，像以前很多次那样毫不犹豫地告诉她，厂子里太忙了，老板不给假，实在没办法。以前很多次，妈妈就是那样答复她的。她的期盼就在这样的答复里一次次地萎缩下去。隔着电话，妈妈一次比一次说得客气，她触摸不到妈妈的表情。她似乎能听到电话那头工厂的嘈杂，机器的鸣响就是一种催促，混合着复杂的表情和气味，妈妈就这样被裹挟其中，被拖曳着，不得脱身。她只好轻轻地说一句"哦",说得越来越小心翼翼。最后,她干脆不问妈妈回不回来的问题了。在简短的对话里,她们像个久未谋面的朋友一样,说几句不咸不淡的话,就没有别的了。可这次,妈妈迟迟没有打电话过来,她也不好打过去。打过去她说什么呢?说"你不要过来了吗?"还是问"你什么时候过来?"。似乎都不合适,都让人不知所措。或许妈妈还没有准备好呢。她自己也没准备好呢,她也不知道自己是否能准备好。在她的生活里,妈妈一直是等待和期盼中的妈妈,而不是生活中的妈妈。她无法想象和妈妈一起生活的样子。她还是希望妈妈尽快来电话,告诉她老板不给假。那样她们都释然了,都无所期待了,日子也就如常如往了,她就可以打电话让婆婆过来了。这样挺好。这样最好。

可王芳实在等不及了,她需要人照顾,婆婆那边还等着她的话呢。她就硬着头皮又拨通了妈妈的电话,电话还没接通,她就能听到自己扑通扑通的心跳,像是在敲一扇让人不安的门。她在妈妈的话语里又一次感觉到了为难,可能是因为工作,也可能是因为生活,她不知道。这么些年,她对妈妈的一切知之甚少。她和妈妈的一切基本都是靠电话维系的。在每年寥寥可数的对话里,她们彼此问好,问工作、生活、身体。多数时候,都是妈妈在问她,她告诉妈妈答案,答案里每次都是风调雨顺。她问妈妈的不多,她只知道妈妈一直在工厂里干活。在那种生产小家电的工厂里,妈妈是流水线上的一个螺丝,微不足道却又缺一不可,每天坐在那里不停地完成属于自己的工序。她在电视里看到过那种场景，只是她不能想象妈妈坐在那里是什么样子。至于妈妈的生活，她几乎一无所知，她也不想知道。许多年前，当王芳还在上初二的时候，舅舅曾告诉过她，妈妈在那边又找了一个男的，好像是一个贵州人，两个人好像还生了一个女儿。她就知道这些，也不知道是不是真的。刚听到这些事情的时候，她难过了好几天，觉得妈妈好像被别人抢走了，她怎么都拽不住。她原本抓着妈妈身上的唯一一根线，就那样断掉了。她的力气太小了，只能摔倒在地上大声哭喊，最后连哭声都被空气吃掉了。时间久了，她又觉得没什么，觉得那不是发生在妈妈身上的事情，一定是搞错了，是别人的生活，别人的妈妈。何况那些都是很久以前的事情。这么多年过去了，妈妈的生活现在是什么样子，在她的想象之外。

妈妈最后给王芳说自己过来一个月，她已经请好假了，预产期前一个礼拜就来。王芳起初有点儿埋怨妈妈，现在不了。她不想让妈妈为难，觉得自己不该打这个电话。妈妈可能真的抽不开身，或者妈妈觉得她有婆婆照顾。总之，妈妈肯定有她的难处，是别人无法理解，也是她不愿意告诉别人的。即使她作为女儿，也是无法分担的。她现在长大了，知道女人在生活面前常常身不由己，妈妈想必也是，这是女人的命。

王芳想，妈妈过来就过来吧，现在也不用纠结了，过来再说吧。这些天，小区里的邻居们看着她挺着大肚子出门，一个个都会问她："你妈还没过来？看这肚子都大成这样了，得有人照顾才行。"每次她都说："快了快了，过几天就过来了。"人们也不追根刨底,她自己也不多说什么。她不知道邻居们背后会怎么说她。她生老大的时候,妈妈没有出现过。现在她快生老二了,妈妈依然迟迟没有出现。这是一个什么样的妈妈?一个什么样的家庭?邻居们肯定觉得匪夷所思,这些议论都是难免的。何况这次,她给许多人说过妈妈会来的。如果不来,邻居们又会怎么说呢?她们可能从来没听说过,女儿生孩子,自己亲妈自始至终都没过来看一眼的。可对于王芳来说,这就是她的生活,她早都习惯了这些,也有些理解了。毕竟每个人的生活真相,只有每个人自己知道,别人看到的只是遥远的表象而已。如果妈妈真的不过来,她的尴尬肯定还是会有的,别人看她的眼神肯定会更复杂一些。现在好了,妈妈要过来了,别的不说,起码这些尴尬没有了,也可以消除邻居们以往的一些猜疑,向别人证明她的生活没有他们想象的那样凌乱不堪。

王芳很奇怪没有一个人问关于她爸爸的事情,没有人问她的爸爸是做什么的,怎么没见来看过她,诸如此类的问题。事实上,她从未对这里的任何一个人说起过爸爸的事情,她的世界里是没有这两个字的,她已经把这两个字埋葬掉很多年了。有时候,她怕别人问起。关于爸爸,她该怎么对别人说起呢?她没法给别人说清楚,只好绝口不提。别人似乎也就留意到了她的话语界限,和她一起默契地越过了关于爸爸的一切。有时候,她又希望别人直截了当地问她关于爸爸的事情,把"爸爸"这个词毫无防备地扔在她面前,让她无处可躲。那样的话,她就不能不把关于爸爸的一切和盘托出，也和心里郁积的一切来个了结。可惜一直没有那样的机会。

王芳想着还是要让婆婆早点儿过来，妈妈说了过些天才能来，且只能来一个月，还是得指望婆婆。王芳有点儿不好意思给婆婆打电话，她早早就给婆婆肯定地说了妈妈过来照顾自己的，现在又打电话让婆婆过来，算怎么回事？婆婆肯定会不高兴，觉得被她这个儿媳妇招之即来挥之即去，有些没面子。不过婆婆不高兴归不高兴，只要她开口，婆婆肯定还是会立马过来的。婆婆嘴皮子有时不饶人，性子也急，但对她这个儿媳妇没的说。婆婆在家里，处处收拾得妥妥帖帖，不让她插手。她干得多了，婆婆还生气，说上了一天班干什么活，自己在家干活就当是锻炼身体。有时王芳和丈夫李军吵嘴，婆婆也是向着她的，是那种真正的向着她疼她。婆婆知道她儿子脾气差，易怒，也知道王芳脾气好，处处让着别人。吵架这事，在婆婆看来，肯定是自己的儿子没事找事。每次他们吵架，婆婆不管三七二十一，都会劈头盖脸把李军骂一顿。李军要是顶嘴，她甚至会找根棍子狠打几下。在外人跟前，婆婆也是从来都说王芳的好。她一遍一遍地告诉别人，王芳如何如何脾气好，有些时候简直好得有些过分。"王芳对李军太忍让了，把他惯得得寸进尺。""王芳对琪琪也太温柔了，要啥给啥，从来没大声讲过话。琪琪要天上的星星，她都会找个梯子爬上去摘给她。真是对她没办法。"婆婆自然是在夸她，也是有意给别人夸赞自家媳妇的好。她是真的希望王芳能厉害一点儿，在李军和琪琪面前不要一味退让。可能在婆婆看来，女人太过忍让，对于一个家庭来说未必是一件好事。

王芳和李军谈恋爱时，李军长得高大帅气，不苟言笑，看上去有些冷酷。她长得一般，穿得一般，不怎么爱说话，学习中等偏上，属于容易被人忽略的角色。也不知道李军怎么就开始追她，她完全没有想到有人会追她，还是李军这样帅气冷酷的男生。她原来只是一心想着读书考大学，逃离让她压抑的处境和生活，根本没有心思和精力考虑别的事情。李军突如其来的追求把她吓坏了，她不知道怎么办，她对恋爱这回事压根没有概念，也没有人可以给她出主意。刚开始，她处处躲着李军，上学放学都提心吊胆的，课间休息也待在教室里不出去。可李军像个幽灵一样缠着她，怎么都甩不掉。每次她以为把李军甩掉了，可他偏又突然出现在她的面前，吓得她不知所措，无路可逃。他们俩就那样一前一后地走着，李军不怎么说话，他也不是一个会说话的人，和王芳有点儿像。他们这样沉默地走着，让人难免觉得尴尬。王芳很难受，尤其是路上来来往往的人不时瞥过来的目光。王芳想着，你追着我不放，现在又一句话不说，算是怎么回事啊？为了缓解这种难受和尴尬，王芳开始没话找话，和李军有一句没一句地聊了起来。时间久了，王芳也不躲了，他们似乎也习惯了两个人一起走路，习惯了有一句没一句地说话。别人以为他们已经在谈恋爱了，他们俩都懒得否认。王芳不知道这算不算谈恋爱。一男一女整天一起走着说着，不是谈恋爱又是什么呢？后来，她觉得这就是恋爱了，李军就是她的男朋友了。李军某一天拉她的手，她虽然慌乱忐忑，也觉得似乎是理所当然的事情，甚至是她隐隐期待的事情。

那时，王芳还在住校，每周回舅舅家拿点儿干粮咸菜，还有少许的生活费。每次看见她回来，妗子的脸色就会变得很难看，舅舅也会因此沉默寡言。她觉得对不起舅舅，她知道舅舅为难。她是一个敏感的人，怎么能看不出舅舅的为难呢？可她没办法，她不知道除了舅舅家，自己还能去哪儿。她做梦都想着有一个自己的家可以回，可她没有。原先姥姥活着的时候，她对回舅舅家还有一丝期待，因为那里还有些许温暖等着她。现在姥姥没了，舅舅家迅速变得冷硬起来。

王芳是九岁那年来的姥姥家。那年爸爸妈妈离了婚，妈妈去了东莞打工，把她和弟弟放在了姥姥家。婚是她劝了妈妈好久才离的，她不愿意看着妈妈被爸爸打死，也不愿意自己和弟弟有一个那样残忍无情的爸爸。结了婚，妈妈头一胎生了她，爸爸嫌她是闺女，对她和妈妈的厌恶就开始了。

王芳长到了九岁，看着爸爸的酒喝得越来越多，家庭暴力越来越频繁，就连后来出生的弟弟也逃不过。邻居们劝不住，他们都害怕爸爸，多说一句爸爸就火冒三丈，朝人家破口大骂，挥着拳头威胁别人。

再后来，妈妈就带着她和弟弟去了姥姥家，再也没有回去过。妈妈找到法院，办了强制离婚。法院的人去他们家调查，邻里一问皆知。尽管爸爸不愿意离，他还放出话来说饶不了妈妈，可妈妈这次铁了心，即使离不了她也不会回去了。婚离了，妈妈始终忐忑着，害怕爸爸随时可能来报复她。就这样过了半年，爸爸一直不见踪影，妈妈的心终于也放下了。

那时，舅舅还没成家，姥姥地里、家里的活都还干得动。可妈妈在娘家这么长期待着，总归不是个事，何况还有王芳和她弟弟要吃饭要上学。不久之后，村里来了招工的人，妈妈思前想后，就下决心和一堆年轻人南下东莞，去厂子里打工了。王芳和弟弟留在姥姥家，妈妈隔上几个月就会寄钱回来，当作他们的生活费和学费。日子虽然过得清苦，可姥姥和舅舅都很疼他们，接续了妈妈对他们的温情。妈妈大概一个月会打一次电话回来，电话打到村里有商店的人家，他们去接，和妈妈匆忙地说上几句话，互相问长问短，互相安慰着彼此。那样的日子，虽然想妈妈想得厉害，但却是王芳记忆里难得的美好时光。身边有姥姥和舅舅疼爱她们，远方有妈妈可以思念，他们只管好好学习天天向上，日子几乎可以称得上无忧无虑。

后来，舅舅结婚了，妗子当了家，属于他们的美好时光就戛然而止了。他们在舅舅家吃饭做事越来越小心翼翼，就算小心翼翼也经常遭受鄙夷，那种鄙夷让人无处躲藏，仿佛就是要把人赤裸裸地钉在众人的目光里接受审判。他们越来越感到自己的多余，越来越明确了自己外人的身份，也越来越知道自己是无家可归的人。

王芳上初中的时候就住校了，那样她只有在周末回趟姥姥家就可以了。姥姥家已经不是她的家了，更像是她的补给站，她只需要定期回去补给就行。她上初二的时候，爸爸来舅舅家把弟弟要了回去。爸爸似乎看上去没那么凶了，却也更陌生了。他给姥姥说他戒酒了，不会再打弟弟了。姥姥以为弟弟不愿意跟爸爸回去，可弟弟却出人意料地点了头，就这样跟爸爸回了原来的家。爸爸自始至终都没有提起过王芳，好像她不存在似的。这让她悬着的心放了下来的同时，也让她感觉到了一种被彻底抛弃的疼，这种疼一直到现在都没有痊愈。

刚开始打工那几年，妈妈每年过年还回来几天，给王芳买许多零食和新衣服。电话也是每个月都打，妈妈说话也满是亲切。再后来，妈妈过年就不回来了，说工厂太忙，过年订单最多，加班费也挣得多。电话也打得少了，一次比一次隔的时间长。电话来了，也是匆忙几句问候，又匆忙挂了。王芳似乎也变了。没打电话前，她日日期待着妈妈的声音。电话接通了，她却想着赶紧说完挂了。等挂了电话，她如释重负般长舒一口气。后来，舅舅告诉她，妈妈在那边找了人生了孩子的事，她只是难过失落了一会儿，很快就淡然了。她觉得这些事和她关系不大，或许压根就没有关系，那完全是别人的生活、别人的事情，离她千里万里，她用不着操心。

等姥姥去世以后，舅舅在家说话的声音越来越小，叹息也越来越多。王芳周末回来拿干粮和生活费，走到门口，需要很大的勇气才能跨进去。虽然她知道钱妈妈会定期汇回来，但她还是感觉到一种卑微。她也可怜舅舅，总是担心舅舅有一天会跌倒在尘埃里再也起不来了。有时，她实在不想回去，就拜托同村回去的人帮她把干粮和生活费捎过来，从而避免自己陷入那种尴尬和卑微里。

王芳还是被李军硬拉到了他家，给他妈信誓旦旦地说这是他女朋友。她简直要被李军羞死了，可李军完全不管不顾，疯了一样。李军可能给他妈说过王芳家的事情。见了王芳，李军他妈很高兴，一个劲儿地招呼她，做了满满一桌子菜，一家人看着她吃。李军他爸在县里税务局是一个科长，家里条件比较好，一家人却一点儿不势利，都是爽快人。饭桌上，他爸高兴地喝了好几杯酒，和他妈一个劲儿地给王芳碗里夹菜，菜都满得掉到桌子上。在王芳的记忆里，她从来没有吃过这么丰盛的饭，也从来没有被母亲和姥姥之外的人这样对待过。现在，母亲好几年未见，姥姥已经归西，她向往的温情更是缥缈如梦了。第一口饭夹到嘴里，还没咽下去，王芳就哭了，眼泪默默地顺着眼角淌下来，把李军一家人吓得惊慌失措。

那晚，王芳没回去，在李军家睡了一觉。她从来没睡得这么踏实过，一点儿梦都没做。后来，在李军家人的坚持下，王芳毅然住进了李军家，成了李军家的半个女儿。李军他妈对王芳处处照顾有加，拿王芳当女儿一样对待。

从此，李军的家就成了王芳的家，舅舅家她再也没回去过。

尽管学校里有许多人对王芳指指点点，王芳权当没听见。这是她自己的选择，不需要别人理解，别人也理解不了。

高考时，他们俩都考的二本，李军考的工科，王芳考的医学院，大学都在省城。他们每个周末都见面，甚至每一天都可以见到。回家时，他们也一起回，这个家自然是李军家，现在是他们共同的家。从上大学起，王芳就把李军他妈喊妈了。第一次喊的时候，她怯怯的，总觉得"妈妈"在她的世界里已经成了虚词。喊得多了，她似乎又把"妈妈"这个词唤醒了，觉得妈妈又回来了，她又有了自己的妈妈。何况，李军的妈妈真的就像亲妈一样对她好。她对王芳说话的语气、做事的方式，越来越少了客气，直言不讳，又百般呵护，真的就像对自己的女儿一样。

上大学时，弟弟突然来找过王芳几次。王芳好几年没见过弟弟了，她想弟弟，又不敢去那个属于爸爸的家找弟弟，何况她早就不认为那个人是她的爸爸。她的爸爸现在姓李。她都快认不出弟弟来了。弟弟长大了，头发留得好长，蓄着胡须，说话也油腔滑调的，眼神闪烁不定，这和她一直想着的弟弟判若两人。弟弟滔滔不绝地说起爸爸的事。他说爸爸自己在镇上街道盖了三层楼，位置很好，自己开了商店，其他门面租给别人开了饭店，楼上单间租给陪读的学生家长，一个月净挣万把块钱，把别人羡慕得不得了。弟弟说得兴奋不已，哈哈大笑。可是王芳不想听这些，这些都是与她无关的事情。她没有打断弟弟，也不搭话。最后，弟弟说得无趣，跟她说了再见，转身就走了。她在身后喊弟弟留下吃饭，弟弟摆了摆手，头也没回。后来，弟弟又来了几回，每次都会说起那个人的幸福生活，她表现得越来越冷淡，弟弟的兴致也越来越淡。最后，弟弟终于没再出现过。王芳想，弟弟真的出现过吗？来找过她吗？还是她做了一个不太圆满的梦？也许真的是梦吧，王芳有点儿分不清了。

李军大学毕业后，应聘到了内蒙古的一家大型国企，在一家特大型煤矿搞设备管理。第二年，王芳毕业了，本来她可以留在省城当个医生的，也毅然决然地来到了李军所在的矿区医院，当了一名矿区医生。为此，李军的父母很是生气，他们主要是生李军的气。他们就李军一个儿子，在本地又不是找不到好工作，偏偏犟驴似的油盐不进，跑到那么远的地方去，他们简直要气疯了，完全无法理解这样失去理智的行为。可李军从小就犟，干什么事从不跟别人商量，长大了，他们就更管不了了。他们心里虽然愤愤难平，也只能由着他去了。本来他们还想着王芳能劝得他回心转意，结果倒好，王芳也不声不响地跟着去了那个偏远之地，真是要气死人了。小两口倒是鸳鸯比翼飞了，却不想想老头老太太怎么办。为了这件事情，他们差点儿要气出病来。等气消了，他们只能接受不能改变的现实。想到王芳宁愿放弃省城的生活和工作，也要跟着李军到矿区去，他们原本黯然的心又闪亮起来。他们庆幸没看错王芳，现在像王芳这样的女人少之又少，简直快要称得上稀有。

上班的第二年，王芳就和李军领了证，回去办了婚礼。所谓婚礼其实很简单，只是一些要好的亲朋坐了三桌，吃了顿饭而已。结婚的时候，王芳的妈妈来了，她的舅舅和妗子也来了。三个人和李军的父母坐在一桌，始终显得有些拘谨，笑得也很勉强。王芳的妈妈是婚礼当天才来的，当天晚上就坐火车走了。王芳总共也没和妈妈说上几句话，好像就是他们俩给妈妈敬酒时，妈妈很小声地对他们说了一句"恭喜你们"，他们俩很客气地答了句"谢谢"。然后就是送妈妈的时候，他们俩把妈妈送上车，火车开的时候，妈妈对他们挥着手说"回去吧"，他们对她挥着手说"路上小心点"。好像再没有别的话了。妈妈走后，她仔细想了又想，确定和妈妈之间只有这两句对话。她好几年没见妈妈，原本的期待已经干瘪。妈妈又出现了，期待又膨胀起来，让她有些不安。在婚礼上，她很多次偷偷地瞥向妈妈，想着：要跟妈妈说点什么呢？她似乎期待着，又逃避着，似乎逃避更多一些，加上诸事忙乱，她就那样被牵扯其中，无法抽身出来和妈妈好好说些话。等到送走了妈妈，她又忍不住长舒一口气，又是那种如释重负的感觉，像是从一个令人窘迫的梦里好不容易醒来。

李军的爸爸妈妈对这个寒酸的婚礼极其不满。他们虽不是富裕人家，但给儿子办一场热热闹闹的婚礼的能力还是有的，这是他们两口子憧憬了多少年的场面。结果呢，简直要被人笑死了，区区三桌，别人会怎么看？他们的老脸往哪儿搁？可王芳说她不想像别人一样，不想要那些虚假的热闹，她就想着走动较多的亲朋来捧个场，见证一下他们就行，别的都不需要，都是多余。李军和她想的一样，他也不喜欢那些繁复的程序和虚假的热闹，坚持要办一个极简的婚礼。老的拗不过小的，只好与时俱进，尊重年轻人的意思，可心里是不甘不愿的。这是王芳第一次让公公婆婆不高兴。不过事情过去了，也就翻篇了，公公婆婆都不是那种把怨恨积在心里的人。

王芳第一次和婆婆有真正意义上的争吵是有了琪琪之后。

他们虽然结婚早，琪琪却生得晚，怀上琪琪时，王芳已经快三十了。他们早几年在矿区买了房，有了自己的家，后来又有了自己的车，两个人的收入都很不错。

琪琪是春天生的，过了半岁，琪琪断了奶，会到处乱爬了，王芳也结束产假上了班。转眼，冬天已至，内蒙古的冬天风大且急，吹在人脸上刀割一般，温度也常常低至零下十几摄氏度，甚至零下二十几摄氏度。婆婆极不习惯这样的冬天，出去冻得要死，家里暖气是烧得足，可她不是一个闲得住的人，她喜欢人多的地方，喜欢和左邻右里说话，真要一个冬天待在家里不出去，非把她憋死不可。可内蒙古的冬天就是这样，风常常把街上刮得一个人都不剩，她又是一个外地的老太太，本来就说着别人听着有些费劲的方言，现在干脆见个人都困难。眼看着婆婆要憋出病来，王芳虽然舍不得孩子，可最后还是让婆婆把孩子带回了老家。

第二年春天，天暖燕归，婆婆带着琪琪回到了内蒙古。冬天来临时，婆婆又带着琪琪回老家去，就这样候鸟似的迁徙着。琪琪在老家过第三个春节的时候，王芳和李军也回去了，他们每年都会攒些假，过年就可以在家多待一些日子。

那天，李军带着王芳去参加高中同学聚会，吃完饭喝完酒，大家又提议去 KTV，王芳不想去，就找借口回家了。到了家门口，敲了半天门没人应，她没带钥匙，婆婆他们可能带着琪琪出去玩了。她就一个人坐在单元楼门前树下的木椅上，等着他们回来。鞭炮声时远时近，身边时不时走过说说笑笑的人群，远处角落里残留着没来得及融化的雪。王芳一个人坐在那里，忽然就感到了一种巨大的孤单，那种无处可依的感觉迅速淹没了她，她转眼又成了一个无家可归的人，眼泪不由自主地流了下来。她把头埋在膝盖上，世界迅速漆黑一片。

那天晚上，吃饭的时候，王芳对婆婆说过几天就带琪琪走。大家都满是惊愕地看着她。王芳又坚定地把刚才的话重复了一遍。婆婆张大嘴问她："为什么？不是说好天暖了我再带过去的吗？"王芳说："孩子还是应该待在妈妈身边，待在这儿我想见都见不着。"婆婆说："怎么见不着？不是天天手机里看吗？再说你带过去了怎么照顾？怎么上班？你是孙悟空啊？难不成会分身术？"她冷冷地说："我会想办法的。"这个时候，李军也生气了，这件事王芳从来没跟他说起过，突然来这么一出，整得大家都措手不及。他正要发火，王芳说话了，这回她说得更大声了。她说："你别说了，你们都别说了，我自己的孩子，我有权力做主。"婆婆听了这话，立刻就恼了，大声质问她："什么意思？谁要抢你的孩子不成？孩子待在我身边你还不放心？我会虐待她还是会亏待她？给你们好生看孩子，让你们没有后顾之忧，安心工作，倒成了错了？突然就要把孩子硬生生带走，你到底在想什么？你安的什么心？"王芳有些被婆婆的话搞蒙了，婆婆从来没对自己这样说过话，她也从来没和婆婆这样说过话。她只是想让女儿待在自己身边而已，需要那么多理由吗？一个妈妈想和女儿待在一起居然成了居心叵测，这是什么道理？她委屈地号啕大哭。大家都在这哭声里沉默无语。

这次突如其来的争吵来势汹汹，去也匆匆。这是十多年里王芳和婆婆的唯一一次争吵，吵得可谓惊天动地。归于沉寂的那一刻，她有种身心俱碎的感觉。

最终，琪琪还是被王芳带走了。尽管大家都不能理解王芳这个突然的决定，婆婆为此也好长时间耿耿于怀，但王芳觉得这是她必须要做的。她必须保持这个家的完整，家里的每个成员都必须在该在场的时候在场，谁也不许缺席。她不想看着自己的孩子尾巴似的时时处处跟在奶奶身后，而对妈妈的呼唤置若罔闻。那太残酷了，那是别人无法理解的残酷。

琪琪被她带到了矿区，她如若休班，就在家陪琪琪。她如果上班，就把琪琪放在小区外的一个托管机构。日子照样过，许多人都是这样。

算起来，她和李军已经结婚将近十年了。他工作忙，平时早出晚归，周末常常还要加班。他还是那样话不多，对她对琪琪都是。他们也常常吵架，一般都是李军情绪化所致。李军冷着脸吼几句，她就扭头走开了，她不想吵。接下来几天，他们互相避让着，一张桌子上吃饭，一张床上睡觉，只是一句话也不说。最后，还是李军递上了笑脸，她顺阶而下，日子又继续过下去，如此反复。她觉得李军应该是爱她的吧，他只是不太会表达，也不太会管控自己的情绪。

有了琪琪后，李军的脾气似乎比以前更差了。他对待孩子的哭闹，一上来就是吼，吼不管用，就加码威胁，然后就是体罚。李军完全是一个旧式的家长，他不懂得俯下身来和孩子沟通，也不懂得孩子只是孩子，对待孩子应该用孩子的方式。李军频繁地进行体罚，没有让琪琪更听话，反而让她更执拗寡言了。琪琪也不爱说话，和别的小朋友一起玩，玩着玩着，她常常就跑到一边一个人去玩了。相熟的大人问她话，她也几乎从不回答，眼睛闪烁着看着别处。即使和别人在一起玩得很高兴，其他人都不停地说笑逗闹，她只是玩，也不怎么说话。王芳心急火燎地看着她说："琪琪，你怎么不说话？你看其他小伙伴都在不停地说话，你也说话啊！"可琪琪只是看看她，还是不说话。

琪琪越是这样，李军越是生气，打得也更狠，小拇指粗的树枝常常毫不留情地抽在琪琪的小手上，打得她歇斯底里地哭。王芳不敢劝，一劝他打得更狠，只是在一旁无助地看着。记得去年有一次，忘了是琪琪怎么了，打也不管用，李军直接给她拎到外面去了。外面零下十几摄氏度，还下着雪，琪琪穿着薄薄的秋衣秋裤，就那样在外面站了五分钟，冻得鼻青脸肿，回屋后直接病倒。王芳有时觉得李军太可怕了，尤其是对琪琪发火的时候，简直就是一个魔鬼。她不知道李军会不会变成她爸爸那样子。她想了想，至少李军没打过她，也不酗酒，也不抽烟，只是对琪琪过分了一点。或许，这就是他做爸爸的方式吧。

现在，她怀上二胎，已经第三十七周了，一个人应付生活的琐碎已经越来越吃力了，还有一个琪琪需要照顾。她必须得向婆婆求助了。那次争吵已经过去一年多了，她们婆媳之间的关系已经修复如初，又像以前那样母女亲密无间了。

她头一天打电话过去，婆婆第二天采买了许多本地吃食特产，第三天就拎着大包小包坐着火车北上了。

婆婆来了，只是像一个妈妈一样收拾里里外外的一切，并不问别的事情，也不问王芳的妈妈怎么不来了。婆婆在这些事情上是一个聪明人，她不去问那些不该问的问题。即使王芳主动给婆婆说她妈过几天就来、来了只能待一个月的时候，婆婆也只是轻描淡写地"哦"了一声就过去了，让人觉得这件事情本身或者结果都微不足道，没有必要再深谈下去。

王芳怀孕第三十九周的时候，她的妈妈来了。邻居们都说，王芳的妈妈好年轻啊，看上去只有四十多岁的样子，圆脸盘，齐肩的头发，和王芳真像。实际上，她的妈妈比她的婆婆还大三岁，今年五十有六了。

在家里，婆婆忙这忙那，对一切驾轻就熟。她妈妈也跟着走进走出，却不知道能做些什么，坐下似乎也难受，只好毫无头绪地走来串去。婆婆看见了就说："亲家母，你坐在客厅里看电视就好了，家里这点儿事情又没多少，我忙得过来。"她妈妈笑一笑，也并不立刻去坐，继续漫无目的地走着转着。王芳看见了，也对妈妈说："妈，你坐着歇会吧，饭有我妈——我婆婆做就行了。"这么多年，她已经习惯把婆婆叫作妈了，她的生活里也一直只有这一个妈。现在，又一个妈出现了，在婆婆眼里，自然是客人，在她这个女儿看来，也更像一个客人。

第二天就要剖宫产了，前一天晚上，她和婆婆，还有妈妈三个人去小区里的草坪附近散步。琪琪和几个小伙伴在草坪里追逐嬉戏，婆婆拿着琪琪的水杯还有外套，妈妈坐在草坪旁的一个石墩子上，听她们和一群邻居聊天。听了一会儿，也许觉得无聊，妈妈掏出手机看了起来，时不时地对着手机笑了起来。王芳想起几天前，舅舅在电话里给她说，妈妈和贵州的那个男的过得不好，那个人也经常打她，还得靠她养活。她不想和那个男的过了，捎话回去想和王芳爸爸复婚，结果爸爸也不要她，骂她自作自受，想得美，做梦。舅舅说，妈妈这些年也不容易，只是对王芳只字不提。

王芳看着妈妈，妈妈现在来到自己的生活里，却依然只是一个旁观者。她喊了声"妈"，两个妈妈都应了一声。王芳对着坐在石墩子上的妈妈说："妈，天有点儿冷了，你穿得少，先回家吧。"然后，她转过来对婆婆说："妈，你陪我转一圈吧。"

鲜花大道

所谓鲜花大道，只不过是村子北边一个浅浅的沟渠。沟渠两边的坡上，长着大片大片的野花，渠底长着汹涌茂密的野草。这茂盛的野花野草，和这沟渠一起，一直延伸到北边很远的地方，朝下跌入一条很深的干沟里，蜿蜒着不知去向。

以前，村里许多人家还养羊的时候，人们每天都把羊群赶到这沟渠里来。放羊的多是七八岁，最多十几岁的小子。羊吃草，有时也吃花，只是草也吃不尽，花也吃不败。羊把这边的草吃上几天，放羊娃们就把它们赶往沟渠的另一端。吃完另一端，再往前走，直到折回原来的地方。羊吃草的时候，放羊娃们无事可做，便互相追逐打闹。折腾累了，他们就四仰八叉地躺在草地上，折一截青草咬在嘴里，时不时嚼几下，然后狠狠地吐掉，顺手再折一根草放进嘴里继续嚼。草把他们掩映其中，鸟从他们头顶飞过，吃草的羊有时走过来，低着头和他们对视一番，又掉转头不慌不忙地吃自己的草去了。放羊娃们把头扭向左边，左边坡上数不清的野花欢快地摇曳着。放羊娃们把头扭向右边，右边坡上数不清的野花欢快地摇曳着。他们用胳膊肘微微撑起身子，发现自己像是置身于野花的河流里。这种感觉真是奇妙极了，也享受极了。也不知道是谁，也不知道哪一天，就给这沟渠起了"鲜花大道"这么个名字，仿佛这里是一条车马大道。也许，当初突然给这条沟渠命名的人，说的并非"鲜花大道"，而是别的什么名号，只不过被大家听差了而已。不管怎样，这名字慢慢地就这么叫开了。一说起"鲜花大道"，大家伙都知道说的是村北的那条沟渠。想一想，似乎觉得这个名字还真妥帖，似乎它命里注定就该叫这个名字。

鲜花大道右边坡上不远的地方，有一棵粗壮的皂角树，四个人才能合抱得住，树冠很大，罩着一片巨大的阴凉。枝叶间，垂悬着数不清的紫得发黑的皂角。阳光从树叶间的缝隙里漏下来，打在皂角上，闪着幽幽的光。风一吹，皂角风铃一样沙沙作响，让人想起沙漠里的驼铃。风若是大一点，就会有皂角被吹落下来，一声清脆之后，安然地躺在树下的草丛里。草地上，已经有许多被风吹落的皂角了。有的新掉落的皂角完好无损，有的已经烂掉了，有的被树叶捂在底下，有的上面爬满了蚂蚁，也不知道这些小家伙要用皂角来做什么。以前，可不是这样的。以前，每天都有小孩来树下捡皂角，寻宝似的在草地里猫着腰仔细找。一无所获时，他们就抬起头朝着皂角树痴痴地望。望而无果，他们便四下警惕地巡视一番，猴一样灵巧地上了树，迅速摘了一些下来，用衣角兜着，撒开腿兴奋地往家里跑。他们回了家，找地方把来之不易的皂角放好，才算是松了一口气。那时的皂角是稀罕玩意儿，可以用来洗衣服或洗头发。整个村子里，就这么一棵皂角树。当时村子里，买得起洗衣粉的人家，还屈指可数，洗发水更是后来才有的东西。所以，皂角那会儿的珍贵可想而知。现在，多少年过去了，时代早已不是那个时代了。可皂角树还是那棵皂角树，依然每年结满了皂角，只是再没人稀罕了。每年结的皂角，最后的结局都是落了个满地，化作了春泥。

皂角树旁，有一户人家，大门朝南开着，宅子窄窄的一溜，像条巷子似的。说是大门，其实只是两扇不大的小木门罢了，仅容得下木架子车出入。现在木架子车已经无用，靠在西面的土墙上，都好些年没动过了，几乎就是一堆朽木。门原本是黑漆刷过的，现在已接近惨白。门轴不灵光了，开关的时候很费劲，发出很大的声响，且关不严实。关不关现在都不紧要，这家里现在也没什么值钱的物件，索性就任它这么白天黑夜地敞着。进了门，两边顺着墙放着好些柴火，乱七八糟地堆着，粗细长短不一，还夹杂着不少的树叶蒿草。两边的土墙，大大小小的豁口一个连着一个，跟长城上的垛口似的。土墙过去是很厚实的，这么多年过去，雨打风吹，看上去单薄多了，让人想起那些风烛残年的老人。

再往里走，左手边朝东盖着两间瓦房，最里面，朝南也盖着两间瓦房。总共四间瓦房，看上去都很破旧了。窗户上，好多玻璃都破了，又拿塑料纸给糊上了。墙也是土墙，泥糊的墙皮很多都掉了，露出一排排土坯，能清楚地看见里面混杂的麦糠。房顶上的青瓦，现在已经黑黝黝的了，长满了苔藓和瓦松。屋子里家什不多，都是过去请木匠打的，现在看上去，让人难免有些恍惚。屋子里盘着炕，炕头连着灶，小铁锅挨着炕，大铁锅在外头，旁边是一个黑色的木风箱，拉起来已经很费劲了。

这会儿，这家的老太太正坐在大门口，望着眼前的皂角树，手里拿着一个长柄的烟锅，烟锅上吊着个布烟袋，上面绣着几朵花，那是她年轻的时候自己绣的。老太太本来就个儿不高，现在似乎比以前更矮了些。瘦小的身上，穿了一身黑粗布的衣裳，也不知道穿了多少年。现在村里没人穿粗布衣裳了，也没人找裁缝做衣服了，都是买现成的。老年人也都不像过去那样，一年四季身上不是穿着灰色就是黑色，现在都穿得五颜六色、花枝招展的，显得年轻。可这老太太身上还是穿的黑粗布衣裳。那黑粗布衣裳穿在她身上，倒也有一份庄重，仿佛她就该穿那样的衣服似的。老太太的脚是缠过的小脚，走起路来有点儿外八字，慢慢悠悠的，左右摇摆。老太太的头发自然全白了，还不算太稀疏，在后脑缩成个扁圆的发髻。脸上手上的皮肤，只是干巴巴的一层皮，乌里透着青，布满了老年斑。右边额头上，长着个挺大的肉瘤子，乌青乌青的，猛地看上去怪吓人的。也不知道这是娘胎里带来的，还是后来长出来的，她没跟人说过，也许说过，那也是很早以前的事了，现在没人记得了。老太太现在至少有九十岁了，也可能九十二或者九十三了，问她她也说不确切，反正在村里，数她年龄最大。村里的人都说，看她那身子骨，铁定能活过一百去。

老太太吧嗒吧嗒抽几口烟，好像抽累了似的，缓一会儿，望一会儿皂角树，又把目光挪向不远处的鲜花大道。如今的鲜花大道里，没了吃草的羊，没了放羊娃，野花野草长疯了，一个大人站在里面，从远处很难看出来。以前，她就老这么坐在门前望，望着放羊娃们追逐打闹，望着他们神仙似的舒舒服服地躺在草地上，她就忍不住笑起来。那些放羊娃当中，有她的两个孙子，头发卷曲着，皮肤黝黑，壮实得像小牛犊，灵巧得像猴子，打老远她就能从人群中一眼认出他们来。现在，有时恍惚起来，她似乎还能听到他们和一帮放羊娃在鲜花大道里嬉闹的声音，真切极了，仿佛就是昨天的事情，只是被疯长的花草遮掩住了。那是多久以前的事情了？她有点儿记不大清了。有几十年了吧，反正过去很久了。她又闭着眼想了一会儿，然后眯着眼，伸着细长的脖子继续朝远处张望。鲜花大道南边一里多地的地方，就是村里的大路，大路北边有条小路。沿着那条小路，就能走到她们家来，也能走到鲜花大道去。可惜现在，原先附近住着的十几户人家，都搬到下面的集中点去了，只剩老太太一家还守在坡上。确切地说，只剩她一个人守在坡上，守在这座老旧的宅子里。她也不知道自己还能守多久，那是天晓得的事情。现在，上坡来的人很少了，一年到头也没有几个。这里远离人群，成了被人遗忘的角落。不过这样也好，省得有人打扰她，她也不想打扰到别人。

隔上几个月，村里的干部会匆忙上来给她送点儿米面油，再给她几百块钱，或者给她卸下一堆乱七八糟的柴火，或者煤块子，然后又匆忙离开了。她吃得不多，一袋面粉两三个月都吃不完。她自己种点菜，那块菜地是她儿子活着的时候开垦出来的，大约有半亩地的样子，就在鲜花大道边上，皂角树过去不远。她能吃多少菜呢，根本吃不完，很多都被虫子和鸟祸害了，要么自己落在地里烂掉了。钱对她来说，也没用，除了盐，她没什么要买的，身体也没害过什么大病，一般的头疼脑热，自己对付对付就过去了。所以，她很少下下面村子和街道去。每天，吃饭睡觉忙活之余，她都会搬个板凳坐在门前，望着眼前的皂角树，然后望远处的鲜花大道，再望更远处的小路和大路，就这样一直来来回回地望着。她总觉得会有人从南边的那条大路上走过来，走到小路上来，再走过鲜花大道，走到这棵比她的年岁还老的皂角树下来。

她等着这一天。

从下面的村子，看不到老太太住的房子。只是做饭的时候，能看见烟囱里冒出来的炊烟。上午九十点的时候，看见远处坡上面飘一阵炊烟，村里人就知道，是老太太在做早饭呢。下午两三点的时候，又看见上面飘起了炊烟，大家就知道，是老太太在做午饭呢。晚上，一般是看不见炊烟的，老太太一般晚上不吃饭，一天只吃两顿。也有少数时候，整整一天，只望见上面飘了一次炊烟，人们就想着，老太太可能今天胃口不大好，吃得少。也有可能老太太做了一顿饭，这顿没吃完，下一顿将就着，开水泡着吃了。冬天的时候，坡上的烟飘得勤一些。老太太怕冷，刚过寒露，就烧上炕了。以前烧炕，多用的是软柴，玉米秆啊高粱秆啊，她儿子还往回打蒿草，主要还是靠麦草和麦糠烧炕。夏忙割麦子时，镰要放低一些，尽量擦着地，麦茬就留得少，麦草就收得多，麦草垛就堆得又高又大。扬完场，麦粒和麦糠泾渭分明。麦粒入囤，麦糠挨着麦草垛堆起来，再拿蒿草什么的罩住，上面压几根木头。冬天烧炕时，麦草先烧过，火苗将灭未灭时，再把麦糠填进去，捂在上头暖着，炕就能热很长时间。现在不行了，不说没人烧炕，就是想烧炕，软柴也少了。早些年，收割机代替了镰刀，麦草就少了，每家每户的麦草垛迅速地瘪了下来。麦糠也不见了，都被收割机一股脑儿收了，分不清麦秆和麦糠了。那几年，大家还烧炕，还稀罕麦草，收割机割过了，地里的麦草都要拉回家烧炕用。看着地里留着的高高的麦茬，人们都难免有些心疼。后来，大家搬进了集中点，盖起了新房，睡上了席梦思，麦草就从他们的生活里迅速退场了，麦场和麦草垛在村里也难寻踪迹。现在，麦草直接被机器打碎埋进了地里当肥料。前几年，麦草一无用处，反而成了累赘，不少人直接在地里点了烧成灰。后来麦草就直接被打碎埋进地里去了，这下大家都省事了。可没了麦草，对别人没啥影响，老太太的生活却成了问题，做饭烧炕都成了问题。她是村里的五保户，也是村里最老的寿星，村干部们不能不拿她当回事。他们除了定期送些米面油，还不定期拉点儿煤块子过去。有时，他们还让人不知道从什么地方拉来些硬柴。老太太用不惯煤块子，只是冬天时搭炉子用煤取个暖。做饭烧炕，煤块子就不行了，反正她没办法用煤块子来做饭烧炕，她还是习惯用软柴。

在鲜花大道北边，有一小片槐树林，那是村里仅有的一片树林了，有三四亩地那么大。以前村里有好几处树林，槐树、杨树、楸树，把不大的村子罩得严严实实。一年四季，有不少老头老太太，在树林里捡硬柴。秋天了，每人背一个大大的背篓，拿着一个耙子，在林子里耙树叶回去烧炕。现在，一代又一代人，开枝散叶，村子变大了，就没多少位置留给树了。只剩下这么一小片槐树林了，也就只有老太太一个人还在捡硬柴耙树叶。这几年，村子里集中规划，完了又家家门前修了水泥路。为了修路，那些长了几辈人的大树都被砍了。大树为修路让路，多可惜啊，可那是没办法的事。路修好了，宽敞又平整，再也不像过去那样晴天满脚土雨天满脚泥了。这新修的路和路两旁新盖的房配套极了。大家看着笔直干净的水泥路，心里别提多敞亮了。原先为了大树被砍而生的那点儿惋惜，也很快随风而去。现在，村子里唯一的一棵大树，最大也是最后的一棵大树，就是老太太家门前的皂角树了。其实这么说并不准确，现在的情况是，老太太和她家的皂角树都处在了村子外面。如果在村子里，挡了路，皂角树肯定也得被伐掉。据说，这棵皂角树是老太太的太爷爷亲手栽下的，现在少说也有二百年的寿数了。一个是村里最老的树，一个是村里最老的人，这倒是有点儿相依为命的意思。在老太太看来，也确实是这样。很多时候，她看着这棵皂角树，忍不住想，万一哪天她走了，皂角树怎么办，谁和它做伴呢？如果哪天皂角树先她而去了，她怎么办，又有谁给她做伴呢？她虽说是村里的人，现在独居一隅，又好像不属于村里了，就像这棵树一样，被人遗忘了，成了热闹外的一部分。老太太心里明白，惦记这棵树的人，可比惦记她的人多多了。这些年，时不时就有外面收树的人来问这棵树，一次比一次出的价高，她这辈子压根儿想不到自己可以有机会拥有那么多钱。可是她不需要钱，再多的钱，都不能打动她，她只需要这棵树陪着她。村干部们苦口婆心地劝她，看得出来他们似乎很着急。她也很为难，可她不能，至少她活着的时候不能。倘若哪天她死了，皂角树该是什么样的命运，是继续孤零零在这儿再长上几十年几百年，还是立刻被那些惦记的人挖了，拉到别的什么地方去，她就不知道了，也管不着了。那也是命吧，是注定的事情，谁也说不准。就像以前他们一家八口人热热闹闹地过日子，结果倒是她这把早就该死了的老骨头活到了最后，活了个冷冷清清，谁能料想到这样的事情呢？

现在，麦草麦糠没了，还好有这么一小片槐树林在，没人再跟她抢着捡树枝耙树叶了。像许多年前一样，她需要这些硬柴和树叶，这是她生活中必不可少的一部分。秋深时，她背着一个又大又深的背篓，走进那片槐树林。那些槐树长得又高又粗，网状的树皮被岁月拉伸变形，树枝胡乱地长成不规则的伞状。老太太拿着一个细齿耙，仔细地把地上落下的树叶耙成一小堆一小堆，然后再一堆一堆地揽进背篓里。头顶不时有树叶打着旋儿落在她的头上，落在她的背上，落在她的背篓里。有时，她有些累了，便就近靠着一棵老槐树坐下来休息一会儿。她穿着那身黑色的粗布衣裳，靠着树皮又黑又糙的老槐树，真像是老槐树的一部分。等背篓里装满了落叶，也压得稍微瓷实了点，她就把自己套进背篓里，背起来往回走。从后面看，只见一个大背篓左右轻轻地摇晃着，缓缓地向前走着。

下面的人，一家家都盖了敞亮的新房，不少人还盖了洋气的楼房。大家都不睡炕了，和城里人一样，买的席梦思。冬天了，插上电褥子，再点个煤炉子，屋子里暖暖和和的。做饭也不用柴火，用柴火做饭还嫌把家里雪白的墙熏黑了，用的都是电磁炉，或者煤气灶，方便省事。烟囱从绝大部分人的生活里消失了，连同炊烟，那仿佛是一个世纪前的事情。有时，人们在下面朝坡上这边望过来，看见炊烟从鲜花大道附近袅袅升起，有一种说不出来的感觉，像是在远望自己过去的生活。那种生活鲜活如昨，又久远陌生，一时难以辨认。

村里年轻点儿的后生，只知道坡上边住着一个上了年纪的老太太，至于老太太为什么一个人住在那儿不搬下来，他们就不知道了。他们对一个远离他们生活的古怪老人的生活内里，也不感兴趣。他们知道上面那个叫作鲜花大道的地方，只是不知道它的由来。他们很少有人去过那条荒草渠，他们的生活里没有羊要赶到那里去吃草。那里的草有多丰盛，花儿有多香多美，他们都不关心。哪里有好吃的好玩的，哪里有游戏厅或者网吧，哪里就是他们眼里丰美的"草场"，他们就把自己像一群羊一样迫不及待地赶过去。

上了年纪的人，是知道老太太的。一提起老太太，或者瞥见上面形单影只的炊烟，他们就一阵感慨，或者一声叹息。村里，老太太那一辈人，如今只剩下她一个了。几十年前，老太太还不那么老的时候，他们都是当爹当妈的人，都还年轻力壮，许多人的家也都还住在坡上。再往前，老太太还算年轻的时候，也就四十左右的年纪吧，他们一个个还都是屁大的孩子呢，成天往鲜花大道那边跑，放羊，胡闹，捡皂角或者偷皂角。看见老太太了，他们做贼心虚，从树上慌乱地往下撤，撒腿就跑。老太太就在后面喊着，慢——点，慢——点。再后来，到他们孩子那里，也是一样，放羊，胡闹，偷皂角，老太太还是一样在他们身后喊着，慢——点，慢——点。现在，他们搬下来十来年了，孙子都上中学了，儿女媳妇都在城里打工。他们想到老太太的时候，难免想起一些以前的事情，把他们从孩子长成老人的漫长时光默默地梳理一遍，觉得时光真是一个不可思议的玩意。转眼，他们就都老了，老太太更老了，老到好像不会也不能再老了一样。在老到不能再老的老太太跟前，他们就算不得老了，他们还是孩子，和当年一样。有老太太在前面给他们挡着，他们不敢言老。想到这儿，他们原本慨然的心就松弛了下来，也温热了起来。

要说起老太太的故事，那真是一言难尽。先说老头吧，老头是村里唯一的猎人，父母死得早，婚事迟迟没着落。有一年冬天，他出去打猎，赶巧救了被狼截在半道上的一家人。后来，那家人知道他尚未婚娶，打听到他身世可怜，念及救命之恩，也看他老实厚道，就把唯一的女儿嫁给了他。老太太就是这样嫁过来的。那时，老头岁数不小了，好像在三十上面了。

老太太嫁过来，好些年没生养，老头脾气好，从不说她，还好言好语地劝她，实在不行就抱一个。老太太不答应，老头越对她好，她越要生出一个儿子来，不然她没法过自己这一关。儿子出生那年，老太太的岁数也都三十好几了，同龄人家的孩子好些都十好几岁了。也许是终于了了心愿，儿子没过周岁呢，老头就突然病死了。从此，老太太就过上了孤儿寡母的生活。老太太自然宝贝这个儿子。这个儿子长得出奇的黑，也出奇的瘦，嘴出奇的大，可身体不差，从小没怎么闹过病，干力气活也不落人后，还有一股子灵巧劲，一天到晚都乐呵呵的，天生的好脾气，对谁都是笑着说话，对老太太自然也是一百个孝顺。儿子长到六岁，老太太就把老头留下的猎枪交给了儿子，教儿子打猎。儿子成为猎人，似乎带着某种基因，她并未教多少，大都是儿子自己摸索的。儿子整日抚摩着那杆乌黑发亮的猎枪，眼里的满足显而易见。老太太总觉得儿子一定从猎枪里看到了什么，或者找到了什么。那猎枪就像一根线，他顺着这根线攀啊攀，就能看到老头子埋藏下的那些种子，就能成为像老头一样的人。

儿子长到二十好几，都过了说媳妇的年龄，可他们光景差，房子还是老头活着时盖下的，像样的家具也没有，婚事迟迟定不下，一晃就过了三十了。这在农村，可是愁死人的年纪，眼看着就要朝"老光棍"的名号去了。老太太着急，儿子也着急。可谁家父母都希望自己闺女能嫁给好人家过好日子，当婚的姑娘们自个儿也是这个想法。老太太想到她当年嫁过来的缘分，还是一只饿狼带来的，真不是人能测算出来的。如果没有那只突如其来的狼，她现在会在哪儿，老头子会怎么样？这是谁也说不上来的事儿。现在，到了儿子这儿，又好像到了一种注定里头。她儿子也是三十出头的年纪，也是媳妇难觅，谁又知道属于儿子的那份注定会是什么呢？

又过了两年，眼看着儿子的年龄一天天大了，如若真沦落成"老光棍"，那她怎么给老头交代？后来，实在没法子，别人也是好心，便私底下给老太太说，西边十里外有个寡妇，人长得一般，胖点，不讲究啥，心眼少，能干活，就是带着个尾巴（儿子），就看他们娘俩愿不愿意了。他们娘俩想了好几天，似乎想不出更好的法子，觉得这就是属于他们的注定，就答应了。就这样，这个胖寡妇带着个尾巴进了门，成了老太太的儿媳妇。除了带着个尾巴，这胖媳妇让他们无话可说，起早贪黑，地里家里，干啥都舍得出力气。没过几年，胖媳妇就给他们家生了两个儿子和两个女儿。这四个孩子和他们的爹一样又黑又瘦，也一样乐观灵巧。只有胖媳妇带的那个"尾巴"，始终显得和这个家格格不入，整天心事重重的，不爱说话，也不愿意干活。谁也不知道他在想些什么，谁也别想从他嘴里问出话来。他们家那四个孩子，从小就放羊式地养着，养到五六岁，就买了几只羊让他们跟着别人去放羊。那时的鲜花大道，一天到晚热闹极了。放羊的人说笑，小孩嬉闹，羊儿们咩咩叫。老太太在皂角树下坐着，吧嗒吧嗒地抽几口烟，然后再从烟袋里捏一点儿烟丝出来，放进烟锅里，用大拇指压几下，再享受地吸几口。不吸烟的时候，她就那么望着鲜花大道那边笑。看着那些快乐的放羊娃和洁白的羊群，她在心里想：谁给取了"鲜花大道"这么个名字，还真是挺好听。想到这儿，她又笑了，接着又吧嗒吧嗒抽几口烟。烟从她的头顶上飘上来，飘进高大的皂角树，然后飘进无垠的蓝天，被蓝天抱进怀里不见了。

那四个孩子，做什么都是集体行动，像四只分不开的雀儿。要干活了，父母喊一嗓子，他们跟得了令似的扑棱棱飞回家，笑着把分配给他们的活干得漂漂亮亮的，从不让人说第二遍。打猎的时候，这四个孩子跟在他们的爹身后，他们家的土狗在前面探路。到了打猎的地方，他们一个个噤了声，走路也是悄无声息的。枪一响，他们欢呼雀跃地跟在狗后面跳着跑着，抢着要野兔的尾巴当耳套，把最长最好看的野鸡尾羽拔下来扮戏子。当然，晚上回去，吃野味的时候，他们也要争抢一番。不过，争抢归争抢，他们从来不心生芥蒂。即使偶尔相互闹了点情绪，一转眼也就过去了，从不在心里搁着攒着。他们和他们的父母一样，都是心里不藏事的人。闲的时候，他们就一个个爬上门前的皂角树，在上面如履平地，还可以把自己倒挂在横长的树干上。他们也经常在皂角树上绑根绳子荡秋千，越荡越高，简直要飞起来，笑声也跟着在空中飘荡。他们都不上学，也不羡慕上学的人，对学校也不向往。倒是那些上学的孩子，看着他们四个那么自由自在、快快乐乐，一个个羡慕得不得了。有人不乐意去学校，对学习厌烦了，就给家长拿那四个孩子做例子："你看他们都不上学，不也一样好好的，比上学还好。"家长反驳道："你不上学，就得一辈子撅着屁股种地，你愿意？"孩子道："种地有啥不好，你们不是也都种地？"家长被噎得又气又笑，除了骂一句"不知好歹"，也就说不上什么来了。

村里人见这四个孩子欢喜无忧的样子，都忍不住笑着说一句："这几个孩子怎么什么时候都这么高兴，简直跟他们爹一模一样。"他们的疑问里带着答案，这也是让他们感到困惑又感到羡慕的事情。

后来，政府收了枪，猎人的生涯结束了。猎人没得当，老太太的儿子就养起了蝎子。那些蝎子，都是他晚上带着几个孩子在塄坎上挖出来的，积少成多，又盖了一间小小的"饲养室"，模拟蝎子的生存环境，让它们繁衍生息，攒够一定数量，再卖给街上的药店。后来，养蝎子的事业不知怎的偃旗息鼓了，他们又养起了兔子。白毛红眼的大白兔，可爱极了，也臭极了。老太太的儿子整天带着四个孩子给大白兔们挖草摘树叶，把它们一个个喂得白白胖胖。养得差不多了，可爱的大白兔便被剥了皮卖兔皮，肉留着自己吃。再后来，他们重新养起了羊，不过是新品种，说是从国外引进的，叫什么布尔山羊。那四个孩子整天照看着那几只娇贵的羊，带着它们去鲜花大道，让它们吃新鲜的花花草草，不让它们轻易跟别的土羊接触，怕串种。再后来，也不知道从什么时候起，老太太的儿子当上了村里的电工，整日穿着个脚镫子，在电线杆子上上上下下，对许多破旧不堪的电线缝缝补补。无论在干什么活儿，老太太的儿子和那些孩子，都是欢喜愉悦的，每一天都像是在节日里，每一天都像是一场崭新的游戏，他们参与其中，乐此不疲，似乎永远不会知道何为辛苦悲伤，那些好像被隔绝在了他们的世界之外。在他们的世界里，唯剩最简单的快乐，一切一望即知，清澈见底。

那一年，猎人的大儿子十五岁了，大女儿十四岁了，二儿子十二岁了，小女儿十岁了。几个孩子都比小时候稍微白了些，也稍微壮了些，看上去有一种健康之美，也还是那么爱笑。这四个孩子当中，数小女儿最好看，头发乌黑笔直，长着恰到好处的丹凤眼，嘴巴也恰到好处，再配上天生的古铜色皮肤，简直就是现在所说的古典美。当时人们不知道这些，但没有人不说这孩子好看的，都说老太太家养了一只金凤凰。家里的其他人，包括其他三个孩子，都极疼爱这个小的，处处让着她护着她。这最小的，享受着全家人的爱，却一点儿也不骄横，该干的活哪样也不会偷懒，对谁都是用心地回应着，懂事极了。

那年秋天，刚刚收了芦苇不久，村子里来了一个篾匠，有人说是河南来的，有人说是湖北来的，还有人说是河北来的，反正他说的话，村里人听得不是很明白。每年秋天，都会有外地的篾匠到村里来，谁家需要编席子、背篓、笼、簸箕、筛子都可以找他，把他请到家里来，管上吃住，再供上烟酒，临走时多少给点儿钱，差不多就是这样。村里每年都要来许多诸如瓦盆匠、木匠、剃头匠、补锅匠、石匠、秤匠之类的匠人，把农村生活里一年来的磨损遗漏修修补补，以便村里人能应付来年的生活。

篾匠来到了村里，被许多人喊到家里去干活。篾匠干活时，许多大人孩子都喜欢围着看，也包括那四个孩子。他们看着篾匠把苇皮剥干净，然后用苇穿子把芦苇劈成粗细均匀的篾片，再用苇铧子把篾片上的毛刺刮干净，接下来就是碾篾片了。碾篾片之前，要先给篾片喷水。有的篾匠直接用水壶洒，有的直接端碗水，嘴里灌饱了，"噗"的一声喷出一团雾出去，如此反复。用水湿了篾片，得放上一段时间，时间到了，找个平整的地方，用石碾子碾篾片。篾匠站在石碾子上，脚蹬着石碾子来回碾，要碾上半个小时到一个小时才算完事。孩子们在地上看着蹬碾子的篾匠，觉得他像极了庙会上划旱船的人，好玩极了。篾片碾好了，按长短宽窄分了类，就开始织席子了。先起头，再编织，织得尺寸足够了，再洒水浸湿，然后拆边，压角，最后收边，一张苇席才算织成了。整个过程，篾匠投入其中，有一种认真的美。围观的人看着，感受着从芦苇到苇席的变化，内心也有一种探知某种秘密的喜悦。

篾匠正干着活，别家都一个个过来约篾匠，顺便看看篾匠的手艺。老太太家的胖媳妇已经打过招呼了。她跟篾匠说："我们家就在老皂角树底下。"篾匠恍然大悟似的点点头，表示知道那地方，算是给她应下来了。她看着自家的几个孩子也在围观的人群当中，痴迷地看着篾匠织席子，假装不悦地嘀咕了一句"哪儿的热闹都少不了你们四只雀儿"，就扭着大屁股回家去了。那阵子也没啥活干，孩子们平时也省心，所以她没赶着他们回家。隔天，老太太也提着烟袋迈着八字步过来了，她也跟那个篾匠说："我们家就在老皂角树底下，朝南走几步就能看见。"篾匠说："你们家媳妇说过了，误不了你们家，您回去歇着吧。"老太太转身往回走的时候，看见自家的四个孙子，也笑着嘀咕了一句什么，谁也没听清楚。老太太给烟锅装满了烟丝，点着吸了几口，慢悠悠地朝家走了。

一天下午，大家伙儿正看篾匠织席子呢，卖货郎蹬着自行车，摇着拨浪鼓来了。看了好几天织席子，许多人也看厌了，转眼就被那拨浪鼓的敲打声吸引了去，在一堆能吃能玩能用的小玩意儿面前流连忘返。看中了想买的，回家拿钱的拿钱，有能置换的破烂的就拿破烂来换，没钱没得换的，就在一旁看新鲜。老太太家的几个孙子，也都围在了货郎跟前看新鲜。他们没钱，也没啥破烂可换，看看就让他们很满足。只有他们家老小还在看篾匠织席子，她对货郎的那些小东西兴趣不大，加上那个篾匠老跟她开玩笑，还给她糖吃，说看见她就想起自家的闺女，她就乐意在跟前看他忙活。

那天很晚了，货郎早都摇着拨浪鼓走了。那三个孩子跟着别的孩子在外面玩了一会儿，回到家，老太太的儿子问："老四呢？"那三个齐声说："看篾匠织席子呢。"老太太的儿子心里咯噔了一下，连忙跑出了门，跑到织席子的那家去找。结果，篾匠不见踪影，老四也不见踪影。那家人说，天刚擦黑，那个篾匠就急匆匆地走了，饭也没吃。老太太的儿子赶紧叫了村里的许多人找，找遍了村里村外，都没找见篾匠和老四。大家伙儿又点着火把，沿着去县城的路，翻过一道大深沟，一直找到了县城，还是没有。遍寻无果，他们只好去县里的公安局报案，警察给他们做了登记，让他们回去等消息。这消息一等就是三十年，等得老太太这个白发人，老泪纵横地把一个个家人都送走了，剩下她孤零零地一个人守着这棵皂角树，还有这座老房子，老四还是音信全无，不知死活。

老四刚被拐走的那些年，老太太的儿子带着两个小子，几乎找遍了大半个中国。他们在湖北找，在湖南找，在河北找，在河南找，在贵州找，在广西找……他们每到一个地方，先找一份卖力气的活儿，边干边找他们家老四。他们找上些天，又到别的地方去找，就这样漫无目的地走着找着。他们没有老四的照片，只好一遍遍给别人描述老四的样子：乌黑笔直的头发，好看的丹凤眼和恰到好处的嘴巴，还有古铜色的皮肤，操着渭北口音。那些人似懂非懂，一阵点头后，又是一阵摇头，然后在一阵无奈叹息中，把他们送往别的地方，他们也只好带着失望去往别处寻找希望。

他们就这样在大半个中国找了十几年，找到壮年的猎人变老了，找到两个小子满脸沧桑，老四依然踪影全无。他们给别人描述了无数遍老四的样子之后，老四的样子在他们心中却悄悄变得模糊难辨了，他们曾经坚定的心也跟着怀疑起来。他们想着，十几年的时光过去了，老四怎么还会是当年的模样？可他们只记得老四当年的模样，即使只是当年的模样，如今在他们心中已然模糊起来，又何况分别十几年之后的老四？那样的老四究竟离他们有多远？如果真的迎着面走过来，老四肯定已经完全认不得他们，他们肯定也完全认不得老四了。老四已经不是老四，是完全陌生的另外一个人了，就像他们一样。

找了十几年，原本乐观的他们，也不抱希望了。老太太的儿子带着两个长大了的小子回到了省城，在工地上打工赚钱。他想着，他带着两个小子，找了老四十几年，虽然没找到，可也算尽力了，老四也不应该怪他们。现在，他们得为自己的生活忙活了。作为父亲，他不能误了两个儿子，他得带着他们赶紧赚钱，拆了旧房盖新房，给他们娶媳妇，然后等着抱孙子。

他们父子三人在城里的工地上盖楼房，在脚手架上钻来爬去。他们本来就像灵巧的猴子，从小上树攀爬比村里的任何人都强许多。现在来到了城里打工，在迷宫似的楼房和复杂的脚手架之间来来去去，对他们来说算不上难。可是，偏偏从楼上掉下来的不是别人，而是他们。一起干活的人都说，他们不应该干这空里的营生，他们虽然干着活，心思却一直在旁处，整日恍恍惚惚的，别人问东他们答西，一个出事了，其他人还不换地方，继续在高处一心两用，结果，父子三人，跟传染了似的，接连掉了下去。多惨！

家里的三个男人没了，只剩下两个老太太，和那个已经长大了的"尾巴"，大女儿已经嫁作人妇了。往昔，那几个雀儿一样的孩子，进来出去都是叽叽喳喳的。有他们在，这个家没有一刻不透着热闹劲儿。现在，白天和黑夜都差不多，仅有的三个人，也都怕弄出一丁点儿的响动。该干的活，基本都是老了的胖媳妇干，那个"尾巴"顶多给她搭把手。大多数时候，他默不作声地骑在墙头上，也不知道他在看些什么，更不知道他在想些什么。老太太还是整天坐在门前的皂角树下，吧嗒吧嗒抽一会儿烟，然后望着远处发一会儿呆。远处的鲜花大道，草依旧丰盛，花也依旧被风吹成海浪，只是放羊的人越来越少了，能出去的都出去打工了，能找到别的门道赚钱的都不愿放羊了。仅剩下的几个放羊的，都是腿脚不好、干不了重活或者年纪很大的人。他们放羊的时候，不跑不闹，也不说不笑，只是安静地坐着或躺着，比那些羊还沉默。

不几年，那个上了年岁的胖媳妇也死了，死于心脏病。人们都说她太累了，累死了。老太太说："死得好，死了解脱了，我想死死不了，成了老不死了！"胖媳妇刚死，那个"尾巴"就不见了，有人说他回原来的村里去了，去找他本家叔伯去了。老太太说："走了好，心一直不在这儿，待在这儿也难受。"后来，那个嫁出去的大女儿也死了。这样一来，家里就剩下老太太一个人了。后来，村里集中搬迁，搞新农村建设，村干部给她申请了帮扶资金，不用她花一分钱，让她也搬到新房子里住，动员了好多次。老太太不去，态度很坚决。村干部也没法强求，只好由着她了。都说人挪活树挪死，可她一把老骨头了，指不定哪天就闭眼了，还折腾个什么？再说，她在这老房子住惯了，新房子再好，她不认，也合不来。再后来，有人几次三番要来买老皂角树，她没答应。最后老太太告诉他们，等她死了再说。她不是在说气话，她知道死后的事由不了她。可只要她活着，她就不能由着他们把皂角树弄到别处去。

村里知道老太太家里事情的人都猜测，老太太之所以不肯搬下来，可能是还等着老四呢。在老太太心里，老四肯定还活着，只是一时半会儿回不来。她离家那会儿都十岁了，啥都明白，也啥都记得，怎么能不知道自己的家住在哪儿呢。等她哪天找回来了，看见那棵老皂角树了，也就看见家了，知道家一直都在呢。关于老四，村里传言说，她被拐到贵州去了，又说被拐到广西去了。人们说她被关在了山里的一户人家，还被打断了腿，给那家的傻儿子做了媳妇，还给那傻儿子生了孩子。据说，她后来好不容易从那家逃跑了，却又被别家给骗去强做了媳妇，又生了两三个孩子，手被绳子绑着，脚上戴着锁，整日被关在门里。后来，时间久了，也不绑不关，她也认命了。村里人说得言之凿凿，绘声绘色，不时再添枝加叶一番。可究竟真相如何，谁也不知道。

前些天，村干部又带着几个外地人，去找老太太商量那棵皂角树的事去了，自然还是无功而返。他们笑着留下几百块钱，和一堆牛奶、奶粉、水果之类的东西就匆匆离开了。

第二天，村里去县城的车返回来时，下来一个戴口罩的城里女人，也看不清长相，个子不高不矮，穿着驼色的羊毛大衣，围着一条草绿色的围巾，还戴着一顶灰色的毛线帽，在街道上徘徊张望了一会儿，后来，踩着高跟鞋，咯噔咯噔朝北边坡上去了。有人看见那女人上了坡，从大路拐向了小路，朝鲜花大道那边去了。

又过了几天，几个上了年纪的人在一起闲聊，不知谁突然说："好几天没看见坡上老太太家的烟囱冒烟了，她不是病了吧？"于是，几个人就一起上了坡，走过大路，走上了小路，走过鲜花大道，还没走到跟前，就看见老太太一个人安坐在皂角树底下，手里的烟锅滑落到了地上，稀疏的白发梳得一丝不苟，头朝前面低垂了下来，像是睡着了。她额头上长着的那个肉瘤子，几乎要挨着地了。

他们走到老太太身旁，叫了几声，全无反应，忙俯身想扶她起来，这才发现，老太太已经咽气了。

一个拒绝说话的人

四十一岁

天刚蒙蒙亮，大海就起床了。

大海叠好被子，下了炕，来到煤炉子跟前，用铁钩子移开盖子，炉子灭了，大海不由得打了个寒战。这时，他才觉出了冷。他把手伸到炉口，只感觉到一丝微弱的热气。他记得昨晚睡觉前，明明给炉子里填过煤屑，不知道为啥还是灭了。他在炉子旁站了一会儿，皱着眉，不知道该咋办。过了一会儿，他甚至不知道自己为啥站在炉子跟前，也不知道自己接下来要干些啥。他搓着手，在屋子里开始来来回回踱步。不知所措的时候，他就这样。

窗外已经天光大亮,白里透着那么一股子挡不住的红。这时,大海觉得该出门了。临出门时，他往灶台上扫了一眼，灶台上的灰尘很厚了，锅盖半盖在大铁锅上，旁边放着一个泛着青光的马勺，冰冷的气息从屋子里每一处升腾起来。大海又打了一个寒战。他走出大门时，发现门只是闭着。昨晚，他又忘记闩大门了。这些天他老是忘记闩大门，他以前不这样的。想到这儿，他又皱起了眉。他对自己有点儿失望，还有点儿搞不懂，这让他有些头疼。

大海就这样带着不可名状的头疼出了门。

从门前的巷子里往出走时，大海碰见正在打扫门口的黑娃他妈。他只是看了一眼，没有说话。黑娃他妈停下手里的扫帚问："大海，起这么早干啥去呀？"大海没有回话，也没有停下来，嘴里轻轻地"嗯"了一声，又轻轻地点了下头，算是回应。不过，这样的回应连他自己都不易觉察，更别提旁人了。黑娃他妈看着大海渐行渐远。大海又高又瘦，穿得倒也算厚，也不是很脏，只是头发张牙舞爪的，像疯长的草，脸上的垢痂厚得像戴了一张面具。直到大海向街道方向拐过去看不见时，黑娃他妈才回家了。转身的那一刻，她长叹了一口气，自言自语地说："唉，这也是个可怜人。"

大海走到街道南边的十字时，景荣食堂的老板娘慧琴刚好出来倒水，看见大海了，大声说："大海——过一会儿来吃饭，早上饭过一会儿就好了。"这时的街上人还很少，慧琴的喊声显得清晰而洪亮。大海显然是听见了。他停了下来，回过头，晃着脑袋看了一眼。只是那眼神满是茫然，这种茫然已经众所周知。大海朝慧琴的方向看了看，没有回话。短暂地停了一下，他又朝街道北边转着走了。慧琴见大海走了，给出来刷牙的老公景荣说："我刚给大海说让一会儿来吃饭，也不知道他听没听见。"景荣满嘴泡沫，咕哝着说："吃饭时他不来，让人再寻他。"

大海朝街道北头走去。一路上，他踢着路上的烟盒，踢着半个烂苹果，踢着一只没人要的鞋子，踢着能踢的一切。碰到垃圾桶了，他就走到跟前，认真地在里头翻翻拣拣。他不是捡破烂卖钱，也不是在寻啥，只是毫无目的地翻拣。这或许对他而言，只是一种消遣而已，是旁人无法明白的。见他在垃圾桶里认真仔细地翻拣着破烂，一旁路过的人，或者门面里做小生意的人，都会笑着打趣地问他："大海，你是缺吃还是少喝？你活得比谁都滋润自在，有人给你美元花，食堂天天管饱吃，还有人定期洗涮收拾，热了有人给西瓜，冷了有人拉煤搭炉子，就差被人抱在怀里当月亮娃哄咧。你是缺啥？你还成天在垃圾桶里寻啥宝呢？你让我们这些受苦出力的人咋活啊？"一个人说完，另外的人都要附和着，一起把大海当个中心，娱乐几句。这些人说的这些话，并不完全是笑话。事实上，他们说的相当一部分都是事实。现在的大海，的确是过着这样一种生活。自从媳妇和儿子突然失踪之后，大海就突然不说话了，对周围的一切变得迟钝而茫然起来，甚至连冷暖饥饱都不自知。好在他有一个有本事的哥，已经移民到美国许多年了。弟弟成了这样，当哥的自然不能不管。可他哥毕竟离得远，又不能把大海接到美国去。他哥跟村里的干部商量后，决定大海的一日三餐到景荣食堂解决，钱由他哥定期付。景荣是大海的族里兄弟，人也不错，大家也放心。至于屋里的事，则请人定期去拾掇。由于大海他哥当初给村里办了不少实事，事情很快就安排好了，大海的基本生活不成问题了。至于其他事情，谁也管不了他。他倒也不用别人操心什么，除了不肯说话之外，只是从早到晚在街上晃荡，从不跟谁交流，也从不故意伤害谁。

对于众人的玩笑，大海毫不回应，甚至毫无反应，仿佛围着他的这一群人、说的这些话，都跟他毫无关系。他自顾自地翻拣着，谦虚或茫然地看他们一眼，接着继续忙自己的事情。这只垃圾桶翻拣完了，他转身晃悠着继续朝前走去，继续踢着地上乱七八糟的东西，然后在下一个垃圾桶跟前停下来，继续旁若无人地在另一堆破烂里开始翻拣。

今天是年前的最后一个大集，街上的人慢慢地多了。大海见人多了起来，就靠着路边走。他走一走，停下来，用属于他的茫然的眼神看着眼前的热闹，茫然里夹杂着为难。也不知道他在为难啥，没人知道，或许他自己也不知道。人多了，认识他的人也多了，跟他打招呼的人也就多了。别人叫他问他，他一律置若罔闻，继续保持着前一刻的状态。有时，别人叫他好几遍，且越来越大声，他才若有所思似的停下来，慢慢地转过头，寻找声音的源头，茫然地张望起来。

大海就那样朝前走着，走过超市，走过药店，走过中学……走过老戏院的时候，他从残破的夹缝里侧身走了进去。他看见戏院里满是干枯的荒草，地上满是一坨一坨的大便，墙角一溜明显的尿渍。里面的老戏台高大空旷，却也破旧荒凉。有几只野鸽子在房顶上盘旋了一会儿，然后又飞走了。最里面的木门奄拉着，已经很是斑驳。台阶上的砖残破不全，有几片瓦摔碎在地上，还有几片在房顶上摇摇欲坠。大海想起他小时候，每年镇上七月二十的集，戏院里人山人海，自己在人堆里穿来穿去，一会儿趴在戏台子跟前看布景，一会儿跑到后院去偷看戏子描脸。戏开了，他不是蹲在墙上，就是坐在树杈上。想到这些，大海笑了，笑得有些僵硬，也有那么一点点怪异。他觉察到了自己的笑容，笑容仿佛把他变成了另一个人，他慌忙把它立刻收了起来，变成了现在的大海，从戏院走了出来。

从戏院出来后，大海走过了卫生院，走到幼儿园时，他趴在幼儿园的门口看了一会儿。院子里有许多小娃娃在蹦蹦跳跳做操，看见大海了，操也不做了，全扭头朝门口望。这时，穿保安服的门卫老汉过来了，大海赶紧扭头走了。再往北，大海走过中心小学，走过农牧站，走过烟叶收购站，再过去就是田地了，路上的人也越来越少。大海开始往回走，朝南又折回去。

走到中学门口的时候，大海碰见了几个出来的学生。他不认得这几个学生，这几个学生却认得他。现如今，他已经是镇上的"名人"了，整个镇上没有几个人不认得他。这几个学生把大海拦住，围在中间，逗弄取笑他。大海茫然地看着他们，他们一个个嘻嘻哈哈，一脸痞相。大海面无表情地看着他们，毫无反应。他们笑他是傻子，大海也没反应。他们的把戏眼看落空了，于是变本加厉起来。他们当着大海的面，大笑着说"嫂媳妇"，说"儿侄子"，说"哨子满天吹"……他们一遍一遍地说，还加上各种夸张的语言和动作。大海很生气，很难受，他想走，可他们围堵着他，存心跟他过不去。大海开始搓手了，眉皱得越来越紧。他们还在继续，还不罢休。大海不动了，直直地盯着他们，站着看了那么一会儿，猛地从地上抓起一块石头，狠劲朝其中一个学生砸过去。那几个学生见状，撒腿就跑。那块石头砸在一个学生的腿上，那个学生"啊"了一声，跌倒在地上，回过头想报仇，看见大海又拿起一块石头，又准备死命地砸过来。那个学生便顾不上疼，瘸着腿，不顾一切地跑了。学生们四散而去，大海不肯罢休，追撵着，一块块石头狠着劲朝着各个方向扔过去，吓得满街道的人赶紧朝两边闪躲，给大海让出一条道来。最后，大海跑不动了，那些学生也没影了。大海累了，停下来，走到一旁的马路牙子跟前坐了下来，又恢复到那种茫然的表情。眼前的人群也恢复了拥挤和热闹。他们看着大海，大海也看着他们。他们看见了大海，大海却未必真正看得见他们。大海呆坐了一会儿，头一会儿撇向左，一会儿撇向右。没人知道他在想啥，连他自己也不一定知道。

　　坐了好一会儿，有人拍大海的肩膀。这人是在景荣食堂打工的秀娥，秀娥叫大海去吃饭，说找了他半天才找见，问他饿不饿。大海没说话，抬起头茫然地看着秀娥，仿佛看着一个全然不认识的人。秀娥拉着胳膊把大海拽了起来，拽到了景荣食堂。景荣给他做了碗汤饸饹，油很旺，还切了几片肉。大海坐在那儿，很快吃完了那碗汤饸饹。景荣问他饱了没，他看着景荣不说话，愣了一会儿，站起来出门走了。这一顿，也不知道他吃的是早饭还是午饭。出了门，他又像个摆钟似的在街道上来回转悠去了。

晚上，大海回到家时，天已经快黑了。大海进了门，转过身，想要把门闩住，可还是只是闭住了，并未闩住。他为啥不闩门呢，他不知道，好像会有人回来似的。他进了屋，房子里比外面暖和多了。隔着盖子，他依然能看见炉子里面翻腾着的火苗。大海看见地似乎被人扫过了，柜子、桌子、灶台上……他能看见的地方，都变得干净了。他在炉子跟前坐了好一会儿，一直坐得打了好几个盹儿。然后他站了起来，看了看墙上的钟，已经九点了。钟表右上角的墙上，挂着他父母的遗像。他们在墙上看着他，愁眉苦脸的，大海被他们看得心虚了。上炕前，大海铲了些煤屑填在了煤炉子里。明早应该不会灭了吧，大海想。然后，他脱了衣服，拉了灯，盖上了厚厚的棉被，一直把棉被拉过头顶，蒙着被子睡觉。

夜里，隔壁的德宏他妈起来小解，听见大海家传来嗷嗷嗷的声音，吓得提起裤子着急忙慌往炕上爬。德宏他爸笑话她说："看把你吓的，肯定是猫头鹰叫唤呢。"德宏他妈惊魂未定，战战惶惶地说："我活了大半辈子咧，分不清猫头鹰叫唤？明明是有人哭呢，还不知道是人是鬼，不会是大海吧？"德宏他爸笑着说："瞎说，大海话都不会说了还会哭？我看你是中邪了，明儿个赶紧去寺里驱驱邪。"

三十五岁

不到凌晨四点的时候，大海就起床了。

他穿衣服时，媳妇也醒了，轻声说："要我帮你不？"大海憨憨一笑，带着属于他的那种哨音说："不用，你睡你的，我一个人忙得来。"这样的对话，在他们之间已经发生过无数次了。一个想起来帮，一个拦着不让，多少年了，一直如此。

大海把泡好的豆子淘洗几遍，开始磨豆浆，准备做豆腐脑。那边机子磨豆浆的时候，他把放豆腐脑的瓦缸清洗干净，然后开始调制调料。他把油泼辣子、蒜水、卤水、醋、酱油都拾掇好，把它们放在专门的木屉子上。这时，豆浆磨好了，可以做豆腐脑了。等豆腐脑做好的时候，已经差不多六点，外面晨光熹微，大海挑着豆腐脑担子出门。

大海现在是镇上唯一一个还挑着担子卖豆腐脑的人，别人都嫌太辛苦，要么转了行，要么进了门面，有了门面，还可以兼卖些别的吃食。可大海不，他不嫌辛苦，他觉得守在门面里，一天到晚在咫尺之地转圈圈，像一头见不到世面的驴子。他不愿意当驴子，累点儿算个啥，力气这玩意又不能存起来当钱用。满满一缸子豆腐脑，加上木屉子上的瓶瓶罐罐，少说也有个三百斤。别看大海是个瘦高个儿，看上去弱不禁风，可挑起那一副沉重的担子，他步履从容、神情悠然，感觉还有一份自在在里头。

他挑着担子，从村南边坡上的巷子里出来，就开始吆喝了："豆——腐脑——豆——腐脑——""豆"字拉长，"脑"字拉长升高，然后突然落声收住，他就这样一遍一遍不疾不徐地吆喝。整个村子就是这样被大海喊醒的，甚至整个街道都是被大海喊醒的。大海从南边的坡上晃晃悠悠地下来，走到坡下村南边的十字，停一会儿，准有人过来买他的豆腐脑。有人打趣地说："大海，咱村里现在没人养鸡咧，没公鸡打鸣咧，你现在就是咱村里的叫鸣鸡，你说是不是？"大海嘿嘿笑着不说话。他心里想着，还真是这么一回事，他简直比打鸣的公鸡还准时。在村南头的十字停上一会儿，大海又挑着担子朝北走了，一路走走停停吆喝着。穿过村中间的主街道，大海在村北的十字停留一会儿，再向东拐到镇上的街道，先转到街道北边，转到最北头的烟叶收购站，然后再折回来，从北向南一路走一路叫卖他的豆腐脑。走到街道最南边的丁字路口，他停下来，这边人多，他停留的时间稍长。他的豆腐脑到了这儿，缸子差不多就要见底了。卖完了豆腐脑，他就可以挑着担子朝西上了村南头的坡，回家去了。这一路上，他是不多说话的。即使说话，他也只是极简短地回应或者客气地问候。别人和他开玩笑，问东问西，他多是嘿嘿一笑。当然，别人开他的玩笑，也不会过分。他们知道大海的脾气，他虽然老实，脾气好，可绝不受欺负，言语上的欺负不行，身体上的欺负更不行。大海可不是谁的受气筒，或者嘲笑玩弄的对象。这一点，大家都很清楚。

大海回到家的时候，已经八点多了，媳妇已经做好了饭。他刚掀开门帘，还没等他进去，儿子就迫不及待地从他眼前跑了过去，大海只望见一道红光一闪而过。他望着儿子的背影，喊道："干啥去？"儿子已经出了门，墙外传来他的应答声："耍去啊。"大海进了屋，看见饭放在炕桌上，媳妇给他打好了洗脸水。吃饭的时候，媳妇一脸无奈地说："儿子十六的人了，不念书就算了，整天把头发染来染去，昨儿个还是绿的，今儿个又染成了红的。他好吃懒做，跟在一群混子后面当尾巴，以后可咋办？"大海笑着说："他长大了就好咧，还是个娃么。再说，不是还有我呢，你别担心。"大海说话的时候，依然带着属于他的那种哨音。大海说完，媳妇意味深长地看了他一眼，然后两个人继续吃饭。

吃完饭，稍作休息，大海就去了文戈家。文戈是远近闻名的收粮大户，常年转着村收粮。大海和同村几个人跟着文戈的收粮车，卸车装车扛麻袋。大海是他们几个人当中最瘦的，也是最年轻的。村里其他年轻人，能出去打工的都出去打工了，就连许多上了年纪的人，也出去找个看门或者烧锅炉的营生。可大海不想出去，他说话带着哨音，怕去了城里别人笑话他。城里的规矩那么多，他又不懂，也不想懂，他待在村里也能挣钱，还自在，自在对他很重要。

刚开始扛麻袋的时候，大海就像一根细竹竿上挑了块大石头，眼看就要被压弯压折了。大海瘦高瘦高的，一麻袋粮食一百五十斤，可不是一般人能扛得动的。刚开始，大海费了九牛二虎之力，好不容易把麻袋放在了肩上，刚走出几步，不仅腰越来越弯，腿开始打战，胸腔里也越来越闷，好像被人把头按在了水里，喘不过气，缺氧，要炸掉的感觉。大海不愿意被人笑话，也不愿意半途而废。他不会别的，只会出力气。他也不想去城里，留在村里，能赚钱的门道不多。于是，大海咬住牙，坚持。一天，两天，三天……慢慢地，大海的腰不那么弯了，腿脚越来越稳了，胸口的那一股子气也越来越顺，大海终于能扛动麻袋了。大海高兴极了。大海肩上扛着麻袋，走起路来，上上下下，显得越来越轻松。周围有人笑着说："大海，你能成得很嘛，劲大得很，扛着麻袋走路如风，像是水上漂裘千仞。"大海不知道谁是水上漂裘千仞，也不知道这是好话还是歹话。大海先是笑了一下，觉得不妥，又朝说话那人瞪了一眼。那人见大海不悦，说别的去了。

　　这一天，大海跟着文戈，去了北边的一个村子收了半天粮，人家中午给他们管了一顿饭。吃饭的时候，主家问大海："大海，你今儿没去爆玉米花吗？"大海说："今儿有活，没活了才去。"扛麻袋的活不是天天都有，没有麻袋可扛的时候，大海也不会闲着。他骑着个三轮车，转着村爆玉米花赚点儿钱。也不知道他从哪儿搞来那么个老式的爆玉米花的锅子，手摇式的，底下烧着煤，到时间了，脚一踩手一掰，"嘭"的一声巨响，爆米花就好了。这其实赚不了多少钱，现在不是过去，稀罕爆米花的人越来越少了，倒是那个老式的爆玉米花的机器，引来不少人看稀奇。有时，也有收树的人叫大海去扛木头。大腿粗的木头，五六米长，又湿又重，别人两个人抬都费劲，大海一个人扛起来就走，把别人惊得目瞪口呆。除了这，大海还给人拆房，装卸车。总之，大海干的都是那些毫无技术可言的力气活，而且是重苦力活。现如今，没有几个人能像大海这样下得了苦力。大海吃得了苦，还不觉得苦，反正别人看不出来，大海整天都是笑眯眯的。

这天下午，收完了粮，大海跟着车回到了文戈家。往下卸粮的时候，儿子来了，看着车上准备往下扛麻袋的大海说："你下来。"大海说："下来干啥？"儿子还是说："你下来。"大海下来，跟儿子来到门外。儿子说："给我二十块钱。"大海说："要钱干啥？"儿子说："有用。"大海又说："要钱干啥？"儿子生气地说："别吹哨了，要给就给，不给拉倒。"大海被儿子呛得不知道说啥，他一说话肯定会带哨音，他痛恨这哨音。他从口袋里掏出一沓零零碎碎的钱，数了二十给了儿子。儿子拿了钱，转身就不见了踪影。大海又回去扛他的麻袋。一个扛麻袋的说："又来找你要钱了？"大海没说话。那人又说："头发又换色了，都快赶上川剧变脸了。大冷天，穿的还是九分裤，脚腕子都在外面露着呢，烧得很嘛！"另一个扛麻袋的说："大海，眼睛要睁大，你的钱来得不容易，小心到头来喂个白眼狼。"大海瞪了他们一眼说："干你们的活，就你们话多。"大家都不说话了，继续扛各自的麻袋。

大海忙完，走到家门口的时候，看见小舅子从家里走了出来。大海有点儿意外，小舅子平日很少来他们家。大海说："这就走啊？再坐会儿嘛。"小舅子挤出一丝笑脸说："不了不了，不早了，屋里还有事呢。"大海看着小舅子的背影说："那你走好，再来啊。"

大海回到家，问媳妇："小舅子来干啥？"媳妇说："要盖房，借钱来了，我说你挣钱不容易，也没攒几个钱，给他帮不上忙。"大海原本是坐着的，听了这话，腾的一下子站了起来，红着脸着急地说："能——能帮上，他是你弟，不帮不——不——行，明天——天早上我就取——上三万，不然，别人笑——笑话我不要紧，你——你——回娘家也——也抬不起头。"大海不但说话带哨音，一着急还结巴。媳妇低着头，没说话。

晚上熄了灯，躺在被窝里，大海一会儿就睡着了。他乏得不行，明天还得早起做豆腐脑。在梦里，大海感到一条蛇游进了自己的被窝里，从自己的背上游到了胸前，在他的胸前逗留摩挲了一会儿，朝着他的腹部游去，一直游进了他的裤裆里。他死命地挣扎着，想要挣脱出来，可即使竭尽全力，仍摆脱不了那条蛇。大海一阵绝望，吓得惊醒过来，坐起来大喘气。不是梦，也没有蛇，是他媳妇。他媳妇钻进了他的被窝，贴住了他的身子。他一把把媳妇推开，抖了一个激灵，很小声地说："睡吧，明天还得早起呢。"他媳妇没说话，悄无声息地回到了自己的被窝里，背对着大海，蜷缩成一团。大海难受了好一会儿，一种说不清楚的难受。好在像许多次一样，这种难受慢慢地平息了。

大海睡着了。睡梦里，他似乎听见有人在轻轻地抽泣，声音很远，又很近。他睡着了，什么都不知道。

二十六岁

这天，大海起得很早。

他起来时，他妈还在扫院子，饭还没开始做，看见大海起来了，他妈关切地说："还早呢，你回去再睡会儿。"大海挠了挠脖子说："不睡了，睡不着了。"说完，还没等他妈说话，他又回到了自己的房间里，静悄悄地坐在了炕沿上，对着墙发起了呆。

早饭大海吃得很着急，像是赶着去哪儿似的。他妈说："你慢点吃。"他爹说："又没人撵你，着急忙慌的干啥。"大海不说话，三两下吃完了饭，放下碗筷就出了门。他妈看着大海的背影说："他这几天有点不对劲，怪兮兮的。"他爹说："莫不是知道了那事？"他妈说："知道就知道吧，迟早要知道，也不是啥坏事。"

大海来到义昌哥家门口，门大开着，院子里空无一人，也不知道嫂子在干啥。大海搓着手，在门前徘徊了一阵，又怕被人看见。如果旁人看见他在义昌哥家门口转悠却不进去，问他干啥呢，他咋回答？如果嫂子出来看见他在她家门口转悠却不进去，问他干啥呢，他又咋回答？他肯定答不上话。他向来不会说谎打圆场。他一着急，说话结巴，脸红脖子粗，那种哨音更让人难堪了。想到这些，他赶紧加快脚步走开。

大海走到村南头的十字路口，已经有好些人聚在墙根下晒太阳了，大海犹豫要不要过去听他们说闲话。大海虽然不爱说话，可他爱听别人说话，喜欢往人多热闹的地方跑，那个墙根下也是他经常待的地方。可现在，他在犹豫自己要不要过去。他觉得今天墙根下的那一帮人都怪怪的，眼神怪怪的，表情怪怪的，哪儿都怪怪的，一种他说不清楚的怪，一种与他有关的怪。

大海正想继续往前走的时候，墙根下的人接二连三地叫他了："大海，去哪儿啊？""大海，来晒暖暖嘛。""大海，来啊！"大海站住了，事实上，他也不知道他要去哪儿。这时的他，完全没有目的。于是，他便来到墙根下，靠着墙蹲了下来，把手袖了起来。置身人群中，那种怪怪的感觉更为明显了。大海觉得周围这些人，好像有什么话要对自己说，可一直克制着不说出来。这从他们时不时瞥自己一眼就能看出来，这是意味深长的一瞥。往常，他置身人堆里，大家是忽略他的，他们说他们的，他听他的，彼此不构成干扰。今天明显不一样，他好像成了某种不言自明的中心。只待了一会儿，大海就想走。可他刚来就要走，那种不能言明的怪无疑更会聚焦在他身上。想到这儿，大海迈不开步子，他觉得自己被困住了。

这时，村里的痞子光棍黑老六打北边走了过来，叼着根烟站在人群对面，撇着嘴吐着烟圈。黑老六饶有兴味地说了一阵村里的是非事，又说了一阵女人的事，然后笑着看向了大海。大海原本没看黑老六，只是低着头一心二用地听着。大海感到了望向他的不怀好意的眼神，惊得他抬起了头，才知道是黑老六在看他。黑老六问："大海，低着头想啥呢？"大海没说话。黑老六笑着说：

"得是在想媳妇呢。"周围人哄堂大笑。大海还是没说话,随手拾起一根细棍子,在地上乱画起来。黑老六接着说:"我听说大海把媳妇说下了,大海本事大得很,我黑老六眼看就要打一辈子光棍咧,晚上睡觉没女人暖身子,大海比我强多了。"众人笑得更大声了。黑老六继续说:"大海,你给我们透露点儿消息,给你说下的媳妇是哪个?"还没等黑老六说完,大海猛地跳起来,一脚踹向了黑老六的心口。黑老六被踹得不轻,身子都有些直不起来了。几个人把大海拉回了家,给他爹妈说明了缘由。他爹妈想去安慰安慰大海,可大海把自己关在了房子里,怎么叫都不开门。不一会儿,大海在里面号啕大哭起来,那哭声充满了委屈和无助,急得他妈在门外干转圈圈却没办法。

哭了一会儿,大海躺在炕上睡着了。中午吃完了饭,他又跑出去了。他要去哪儿呢?他想去文昌哥家吗?他不知道,他不确定,这几天他自己都觉得自己怪怪的。

他又来到了文昌哥家门口,门大开着,院子里依然没人,烟囱里有余烟飘出。他在门口站了那么一会儿,紧张又忐忑。他想进去看看嫂子在不在,也想看看乐乐。他有好几天没看到乐乐了,乐乐最喜欢他这个叔了,他也喜欢乐乐。乐乐不笑话他,也不许别的孩子笑话他。可是他还是挪不开步子。他不敢进去,他不知道见了嫂子了该咋说话,说些啥。想到这些,他只好又走开了。

在路口的时候,大海竟意外地碰上了嫂子。嫂子领着乐乐正准备回家。看得出嫂子也有些意外,有些难为情。嫂子的脸一下子红了，低下了头，又觉得不妥，猛地又把头抬了起来，对大海说："饭做好了，我寻乐乐吃饭呢。"大海挠了挠脖子说："那你们赶紧去吃吧。"嫂子说："你吃了没？要不去我们家吃？"大海忙摆了摆手说："我——我刚吃过，你——你跟娃快回去吃吧。"大海看向乐乐，乐乐低着头踢着脚下的石子，一脸不悦。嫂子拽了拽乐乐说："乐乐，跟你叔打招呼。"乐乐抬起头瞪了一眼大海，大声愤愤地说："不，就不。"嫂子生气了，在乐乐屁股上狠狠地打了几下，乐乐哇哇哇地哭了起来。大海慌忙拦着嫂子，不让打乐乐。嫂子尴尬地对大海笑了笑，拽着乐乐回去吃饭了。

下午吃饭的时候，大海他爹终于鼓起勇气跟他说起媳妇的事。大海低着头说："我不——不——要媳妇，我一个——个人过。"大海他妈叹着气，把大海的手拉过来攥在自己手里，语重心长地说："不是你一个人不能过，是一个人不可能过一辈子，两个人搭个伴，啥事都有个照应，我俩以后下世了也放心。"大海不说话，低着头，十根手指一遍一遍地捋着头发。

晚上，大海坐在炕上，想起文昌哥。文昌哥已经死了三年了。他是去城里打工时中煤气死的，像是睡着了一样。那时，乐乐才四岁。大海正想着文昌哥的时候，有人敲起了门。他还没说话，门就被推开了。是嫂子。嫂子说："你还没睡啊。"大海下了炕，给嫂子拿了把小椅子，让她坐了下来。大海靠着她对面的炕沿站着。刚开始，两个人都低着头搓着手，东张西望，不知道说些啥。沉默了一会儿，还是嫂子先开了口："婶子跟你说那个事了吧？"

大海低着头说:"说了。"嫂子说:"嫂子知道你为难,嫂子和乐乐两个累赘跟着你,你得吃苦呢。"大海抬起头说:"嫂子,不——不累赘,我吃得了——了苦,不——不是这——这个意思。"嫂子说:"你心好,嫂子知道。嫂子怕你不乐意这事,你要是不乐意,给嫂子直说,嫂子不让你为难。"大海说:"没——没啥为难的。"嫂子问:"那你愿意不?"大海停了几秒钟说:"愿——愿意。"嫂子说:"你不嫌弃嫂子就好,我们娘俩跟了你,是最放心不过咧。"大海说:"你——你放心,嫂子。"嫂子说:"那我就知道咧,我先回去咧,乐乐一个人在家呢。"大海说:"好。"然后,嫂子起身出了门。大海想送,被嫂子拦住了。大海在屋子里,听见他妈跟嫂子在院中间说话的声音,说话的声音跟脚步声越来越远。嫂子回去了,大门被闩上了,他妈进了屋。

熄了灯,大海躺在炕上翻来覆去睡不着,他的心里一直在想:"我真要跟嫂子睡到一个炕上去了,还要干那种事。"想到这些,他就头疼,从未有过的疼。他明白了,这些天,他不敢面对嫂子就是因为这个。他不怕别的,不怕苦累,也不嫌弃嫂子,也愿意照顾乐乐,可他怕干那种事,他说不清楚为啥。

十八岁

饭做好了,大海他妈才去叫大海起床。

吃过早饭,大海看见瓮里的水快见底了,便挑着扁担去担水。

他妈在背后喊："大海，过一会儿再担水，刚吃饱饭不能使大劲。"大海没回话，也不知道听见没听见。大海走得很快，扁担两头挂着的两只铁皮桶摇摇晃晃，发出欢快悦耳的声音。大海他妈转身给他爹笑着说："说操心，其实也不用操心，啥都能干，舍得出力气，饿不着也冻不着，你说是不？"大海他爹吧嗒了两口旱烟，微微一笑，不置可否。

给瓮里担满水，歇了不一会儿，大海又扛着锄头去地里了。其实前段时间刚锄过草，可大海不放心，他老是怕地里的草出乎他意料地疯长起来，那样别人就该笑话他懒了。大海可不想被别人笑话，所以往地里跑得就勤。这一天，他来到地里，先转着圈看了一下，没看见什么大草，小草也不多。可只要有一根草，大海就觉得自己没白来。他往手里吐了口唾沫，搓了搓手，开始锄草了。他锄得很认真，虽然草都能数得过来，可大海仍一步一步地扫视着排查着，不放过任何一寸土地。锄完地里的那些草，日头已经很高了。大海扭了扭腰，朝四周看了看，又看了看面前的这一片被他驯服了的庄稼地，开心地笑了。这时有人从大海身旁路过，看见大海，对他说："大海，又锄地呢？草都怕了你咧。"跟大海说话的是村里的中民，按辈分大海得叫伯。听了中民伯的话，大海只是笑着挠耳朵，然后挠头，像一个害羞的大姑娘。

从地里回来的时候，路过村南头的十字，大海看见一群人在那晒太阳闲谝。于是，大海就来到了人群中，和往常一样听他们说闲话。他们能说些啥呢，无非是谁家的婆婆难缠，谁家的媳妇恶，谁家的男人能干，谁家的媳妇屁股大，谁家的媳妇生不了娃……无非就是这些事情，有的没的，捕风捉影，胡拉乱扯。说到底还是闲得没事干，就聚在一起用嘴展开一场娱乐，解心慌而已，打发时间而已。大海不爱说话，可喜欢听他们说话。除了干活，又没别的营生，他又不爱打牌，打牌不是正经人干的事情，大海不想被人说不正经。一般情况下，他都是一言不发地听别人说，他跟着惊讶或者发笑，他是绝对合格的听众。偶尔别人故意逗他问他，他有时答有时不答，别人也不强迫他。这天，他们说着说着，又来逗大海了。有人问："大海，你想不想娶媳妇？"有人问："大海，你想不想摸女人？你摸过没有？"有人问："大海，你成天往你文昌哥家跑，你看你新嫂子带劲不？"大家逗着笑着。大海刚开始低着头红着脸不说话，只是当他们说到他嫂子时，大海才冷起脸说："不——不——要胡说！"说完，大海的头又低下了。他知道这一群人并无恶意，只是无聊而已，就像他一样。

吃完晌午饭，大海本打算睡一会儿的，可翻来覆去睡不着，就出了门，上街转悠去了。街上人很少，很冷清，商店里的人也无精打采，一副昏昏欲睡的样子。大海从街道南头一直走到街道北头的烟叶收购站，再往北就是庄稼地了，然后又开始往回折。在中学门口的时候，出来几个学生娃，这是几个大海不认识的学生娃，这几个学生娃似乎也是第一次看见大海。他们原本要朝另一个方向走，看见大海了，便停下来笑着大声朝他喊"兔嘴兔嘴兔嘴"，又嘻嘻哈哈说了一番嘲笑的话。平日里，大海最痛恨别人取笑他的嘴了。从小到大，他为此没少跟别人打架，时间长了，除了个别小娃娃，没人再敢拿大海的兔嘴开玩笑了。大海见几个学生娃嘲笑他，佯装愤怒地追赶了他们一阵，他们慌忙四散跑开了。其实大海并没有怎么生气，只是不懂事的学生娃而已，大海不想跟他们一般见识。

大海本来要直接回家的，经过文昌哥家的时候，又想着进去找文昌哥说说话。大门闭着，轻轻一推就开了，院子里没人，太阳明晃晃的一大片。房门紧闭着，也听不见说话的声音。大海来到房门口，烟囱里呼呼往出吹着烟。大海听见哗哗哗的声音，还听见水滴在烧红的铁器上"嗞嗞嗞"冒气的声音。大海想象着那一滴滴水变成了汽，氤氲上升，被蓝色的天空所吞没。大海没去敲门，而是来到了窗户跟前，窗帘拉着，左下角有一道缝。大海朝那道缝望了进去，里面白花花一片，像太阳一样明晃晃的，直刺眼。大海愣了一下，把头缩了回来，站在原地，不知道该咋办。大海想走，可是又忍不住猫下了腰。这回他看得更仔细了，那光是嫂子发出来的。嫂子正坐在大盆子里撩着水洗身子，身子正对着他，给他打开了一个全新的世界。炉子上的水开了，壶嘴一阵哨音，像他说话时嘴里带的哨音。大海喉咙发干，咽了下口水，又咽了下口水，一种奇妙的感觉裹挟了他。他感觉到身体里有种东西瞬间被唤醒了，横冲直撞，他控制不了它。他觉得有一种不能描述的羞耻感席卷而来。这时，有水从门缝里漫了出来，左突右拐，一直流到了大海的脚下。大海没注意，踩了一脚泥水。他踩在泥水里的声音，把他吓了一大跳，也使他清醒了些。他得赶紧走了，不，是逃。他的脚步凌乱，内心翻腾，顾不得身后留下的那几个泥脚印。

回到家，大海就把自己关在了房子里，开始了漫长的自责与忏悔。下午晚些时候，他想起了那些脚印，又忐忑地来到了文昌哥家。文昌哥在院子里劈柴，看见大海进来了，叫媳妇给大海拿板凳。嫂子出来了，大海下意识地想躲，却知道荒唐，只是看嫂子的眼神不免心虚。嫂子大方地问他，坦荡荡地和他说话。他看见房门口那摊水已经干了，那几个脚印已经被别的脚印盖住了，他就那样心神不宁地坐了一会儿。文昌哥一边劈柴一边跟他说话，嫂子进进出出地忙活。从下午的那一刻起，嫂子在他跟前就是光芒万丈的太阳，让他火烧火燎，让他不敢直视。后来，他们要留他吃饭，大海说回家吃。

那天晚上，大海睡得很早。他妈来到大海睡的屋里，看见他像个婴儿一样蜷缩在被子里，在睡梦里，竟然发出了咯咯咯的笑声。那梦里的表情，像孩子一样干净纯真。他妈回到屋里给他爹说："大海做梦还咯咯咯地笑呢，看起来像个男人，其实还是个娃。"他爹叹了口气说："长不大愁人，长大了也愁人。要是他一个人在世上，还不知道会咋个样。"他妈没答话，跟着叹了口气。他爹吧嗒了几口旱烟，接着说："两个儿子，一样的爹一样的妈，咋就一个能闯到美国去，一个彻底是个实心子，说不定是名字没起好，五行缺水，大海大海，水又一下子泛滥成灾咧。"他妈唉了一声说："造孽啊！"

寻找张顶天

一

李小民回到家时，已经半夜一点了。他轻轻地打开门，打算轻轻地穿上拖鞋，轻轻地走向房间，轻轻地躺在床上，然后轻轻地睡去。

"怎么这么晚才回来？"

一片漆黑寂静里，李小民的母亲的声音突然而至，带着那种熟悉的喘息，好像背着什么特别沉重的东西似的。这几年，母亲说话时总这样。也不是这几年，母亲说话时好像一直都这样，给人一种喘不过气来的感觉，让人也跟着喘不过气来的感觉。每当母亲这样说话的时候，李小民总觉得她快要死了——一个将死之人才会那样说话。死亡肯定已经站在她的跟前，说不定已经握住了她的手，准备带她走了。可她没有死，一直活在他的生命里，继续当着他的母亲，操心着他的生活。可他总觉得她快死了，说不定就是下一秒钟的事情。他知道这样想不对，可他忍不住这样想。

李小民当然知道母亲的心思。她担心他一个人生活下去会出问题，所以才不顾他的强烈反对，毅然决然地搬来他家。母亲害怕他会成神经病，会自杀吗？也许只有她自己知道了。她肯定想着，她来和他做个伴，家里两个人总好过一个人。另一层的意思可能是：有我给你看家，你尽管放心去忙去闯吧，早点儿让家重新有个家的样子吧。

李小民"嗯"了一声，一个不算回答的回答，准备往房间里走去。

这时，母亲又说话了。

"抓紧把工作找，找同学朋友帮帮忙，总闲着不是个事儿啊。"

李小民又"嗯"了一声。

"顶天不是混得挺好吗？找他说说肯定八九不离十。"

李小民不想停，可还是停下了。他也不想说话，可还是说了。他其实想说，他不认识什么"张顶天"。他只想睡觉！睡觉！睡觉！可他没有这样说。

李小民第三次"嗯"了一声。

"再怎么说，顶天和你也是从小一起玩到大的。"

李小民没有再吭声，轻轻地走到自己房间，轻轻地关上房门，轻轻地躺在床上，可他并没有轻轻地睡去，尽管他已经很困了，可眼睛依旧睁得很大。他想起刚才在黑暗中和母亲的对话，忽然恍惚起来，觉得那更像是梦话。也许，母亲根本没在他家，他也根本没有出去见什么张顶天，他一直躺在床上，做了一个有些不怎么愉快的梦，现在醒来了。或者是一个梦结束了，又醒在了另一个梦里。

躺在床上睡不着的李小民，想着今天所发生的一切，确切地说，是昨天中午以后到晚上十二点之前所发生的一切。

昨天中午刷微信的时候，李小民突然看见张顶天的朋友圈更新了，地址显示的是西安咸阳国际机场。这说明好久没回来的张顶天回来了，至于张顶天是准备回老家探亲还是公干，他就不得而知了。

张顶天是极少更新朋友圈的，一整年都发不了几条信息。大多数时候，李小民也想不起张顶天，只是有时翻看联系人，看到"张顶天"三个字时，他才会忍不住想：张顶天一天到晚忙啥呢？有那么忙吗？他还记得我李小民吗？想到这儿，李小民就笑了，觉得自己真是闲得慌，闲得慌的人才容易矫情，容易胡思乱想。张顶天肯定不是这样。

李小民本来等着张顶天联系他来着，可后来又想，这还考虑什么你先我后啊，便发了条信息过去。

"回来了？"

过了一会儿，张顶天回复道："回来了。"

李小民等着张顶天说点别的，可张顶天再不说别的了。

李小民又想，多说句话而已，想那么多干吗啊。

"有时间坐一坐，吃个饭，说会儿话。"

过了一会儿，张顶天回过来两个字："好啊。"

到了约好的时间，李小民已经坐在小包间里等着了。他想着，自己这算是尽地主之谊给张顶天接风啊，肯定要早到，安排妥当。张顶天虽说也在长安城里住了好些年，可毕竟现在不在这里了，算是半个外地人了。他现在住在哪？长沙？还是北京？他不知道，也没问过张顶天。

李小民想着张顶天肯定会晚到一会儿，城市毕竟变了，对他而言陌生了，搞不好也有事情要耽搁。可李小民没想到，约好的六点见，等张顶天到的时候，已经七点半了。中间，李小民打过一次电话，电话里，张顶天很肯定地说："马上马上。"李小民没有打第二次电话，他不知道第二次打电话时，张顶天还会不会说什么"马上马上"。

正当李小民等得有些昏昏欲睡的时候，张顶天推门进来了，嘻嘻哈哈地冲到李小民跟前，握着李小民的手，拍着李小民的肩，一个劲儿地说"不好意思"。然后，张顶天扭头喊"服务员"，服务员很快被他狼啸一般的声音喊来了。

"两瓶茅台，"女服务员正转身要走，张顶天又说，"假的可骗不了我，整天喝，不开盖我都能闻出真假来。"说完，他扭头呵呵呵地朝李小民笑，顽皮且无赖的样子。

张顶天说："咱们兄弟难得见一回，吃好喝好，花钱无所谓。"

李小民没有说话，他知道，今天自己做不了东了。

酒菜齐备，服务员退出房间，只剩李小民和张顶天后，李小民才觉得这个小小的包间真是太大了，几乎都能听到回声，而人又太少了。他想把刚才那个服务员叫回来，最好再多叫几个服务员进来，让她们在他们身边走动着，忙碌着，或许会更好一些。

简单回忆了几句往事，张顶天便说起了他在北京的生活，让李小民有时间去北京玩，到时候提前给他打电话，他可以开着车带着李小民玩，李小民也可以自己开着他的车玩，怎么着都行。李小民想，张顶天果然有办法，搞到了北京户口，成了真真正正的北京人，这不是谁都能办到的。

大多数时候，张顶天都在说自己的工程，说活不好干，钱不好要。他说完一句，骂一句娘，哈哈笑几声，然后继续说。他的工程从祖国的西北一直到西南，在崇山峻岭、千沟万壑之间，在人迹罕至之处。他的设备，他的人，还有他的人民币，像那些茂密的树木一样，像那些绵延不断的隧道和桥梁一样，快速地扩张着，生长着。

中间，有电话打进来，打断了张顶天的讲话，张顶天挂了又挂，那边打了又打，锲而不舍。张顶天又骂了句娘，无奈地朝李小民笑了笑，接通了电话。这时，另一个张顶天出现了。这个张顶天在加班，在开会，在协调，很为难，好好好，一定一定一定……

电话挂了，那个张顶天又回来了，又骂了句娘，说生意真他妈的不好做啊。

好几次，李小民想问问张顶天，还需不需要项目代表，哪怕是贵州的山里，哪怕是西藏，他都可以，至少可以试一试，试一试对他而言少不了什么。对张顶天而言呢？以前，他肯定觉得对张顶天来说也少不了什么的。以前的张顶天肯定会说，行啊，来吧，什么时候来都行，来试试，不行再另说。可现在就不一定了。李小民之所以说不出口，就是怕他一说，眼前的张顶天马上变成另一个张顶天，他没有见过却可以想象得到的张顶天。他不想看到那样的张顶天，也不想那样的张顶天在他听不到的地方骂娘。所以，他想说的话一直没说出口。

两个人说啊说，当然，主要是张顶天说，李小民偶尔插补两句，慢慢悠悠地喝完了将近两瓶酒。服务员已经进来催了好几次，打烊时间都过了。张顶天表示不尽兴，骂骂咧咧地刷了卡，结了账，叫了代驾，他们一起上了张顶天的车后座。

"你这是辆什么车？"李小民突然问。

"卡宴4.0。"

"怎么没买570？"

"什么570？"

李小民没有说话，假装睡着了。

现在，李小民躺在卧室的床上，想着昨天夜里发生的事情，想着想着，觉得这一切肯定根本没有发生过。就好像，他现在躺着的这张大大的床上，从来就只有他一个人，他从来就没有过什么老婆和女儿。他想有一个老婆和女儿的，尤其是一个女儿，可那也只是想想而已。他也没有什么母亲和哥哥。他的父亲在他很小的时候就死了，母亲出去打工一直没有回来过。他从小就是一个人，也习惯了一个人。

二

李小民上次见张顶天，是在三年前。那时的张顶天，还不是现在的张顶天。那时的李小民呢？

那天，李小民正在外头一个人闲晃荡，他都不知道自己走了多久，走到了哪里，不过，肯定还在这座城市的魔掌里。他在想，今晚要不要回去呢？家里母女两人，一个欢迎他，一个不欢迎他，两个都怕他。他觉得自己其实不应该回去，应该继续这么走下去，走着走着，说不定就走入了另一种生活，走进了另一个世界。而她们，也会慢慢地忘记李小民这个人，当他从来不曾存在过。

这个时候，母亲意外地打来了电话。

母亲是很少打电话给李小民的，李小民就更少主动打电话了。母亲之所以很少打电话给他，不是因为不想打电话给他，而是因为李小民和她没什么好说的，当着面没有，电话里就更说不出什么来了。这也不是说李小民不爱母亲或者怎样，这些话题对他而言有些太大太陌生，他只是不知道和母亲该说些什么，跟她如何相处。他的生活里好长时间母亲一直是缺席的。等到母亲回来时，他们之间的陌生感和隔阂已经无法改变了。

现在，母亲住在哥哥李大民家，在这座城市的东边，李小民家在这座城市的西边。两家说远不远，说近不近，一年能见个一两回，超不过三回。都是李小民去李大民家，带着妻女，过去吃顿饭，听几句他们欲言又止的话，然后就回来了。母亲想过来和李小民住的，帮他们带孩子，做饭收拾家，让他们夫妻俩心无挂碍地忙工作、奔前程。可李小民不愿意，他不习惯和母亲住在一起，很不习惯。用他的话来讲就是：住在一起对谁都不好。李大民对此表示理解。有时候，李小民觉得其实他跟谁都不适合住在一起，应该独居才对，应该远离人群才对。可他已经结婚了，错误已经有了"结果"。"结果"在这错误里慢慢长大，长成了更大的错误，这应该怪谁呢？

电话里，母亲问李小民见张顶天了没有，张顶天找他呢。

挂了电话，李小民有些奇怪，张顶天有他的电话啊，怎么找到母亲那儿去了。他无奈地笑了。肯定是母亲给张顶天打的电话。母亲知道他和张顶天关系好。张顶天算是李小民唯一真正的朋友了，从小到大的朋友，从小学一直到现在。原先，他们俩的房子甚至都买到了同一个小区。

李小民知道张顶天忙，全国各地各个项目上跑，一去就是几个月。李小民也知道他压力大，生了二胎，又换了大房子，家里老父母，姐姐、外甥，小舅子、丈母娘，许多张嘴等着他填呢。

很多次，李小民忍不住对张顶天说，养父母天经地义，别的那些帮不过来的。升米养恩，斗米养仇啊。张顶天说没办法，该帮还得帮。张顶天的逻辑李小民想不通，觉得这是自找苦吃。可他毕竟不是张顶天，张顶天不按李小民的生活逻辑来。

没一会儿，张顶天的电话就打了过来，说他刚回来，约了几个初中的老同学，当初关系都不错，好久不见了，吃吃饭，喝喝酒，叙叙旧。

张顶天开着他的白色大众朗逸尾号 570 来接李小民。

一坐上副驾驶，李小民就调侃地说："怎么还没换成真正的 570 啊？"

张顶天笑着说："换个萝卜，都快累吐血了，搞不好这个都没得开。"

在一家不大不小的陕菜馆，他们见到另外几位老同学，有的变化挺大，有的只是比当年大了那么几号而已。包间满了，他们只好坐在角落里的一个大圆桌上。酒菜还没上来，大家就已经聊得热火朝天。李小民偶尔说两句，大多数时候，只是听他们说那些学生时代的旧事。那些事如此遥远，他有点儿不确定自己身在其中。很快，他们就从当年说到了现在，从现在说到了未来。他们的现在和未来，一个比一个宏大，仿佛一个气球，越吹越大，越飘越高，是李小民不能触摸得到的。那晚，张顶天也说话不多，只是一根接一根地抽烟，笑呵呵地喝酒，招呼别人快吃啊快喝啊，好像他是主人翁似的。

他们这些人里，有些从小学就是同学了，有些是中学同学，都是他们镇上的，现在大都住在长安城里，可几年也见不上一回，平时也想不起打个电话什么的，除非有个什么事，或者有人牵头组织。可一般谁愿意揽这些破事呢？这次是谁组织的呢？张顶天吗？他不知道。

将打烊时，大家举杯提议，以后多聚多联系，凝聚同学之力，共创美好未来，一个个兴奋不已，当然不包括李小民。李小民只是觉得滑稽，这是他能想到的同学聚会，果然如此，如梦幻如泡影。他想着，以后再也不要参加什么狗屁同学聚会了，幸亏也就参加了这么一次，算是一次实践和验证。在他们将他排除出圈子之前，他自己先将自己从这个让人啼笑皆非的圈子里提溜出去，免得大家尴尬扫兴。

各自散去后，张顶天开车送李小民回家。

张顶天一边开车，一边说下次再也不搞什么同学聚会了，一堆人凑一块吹牛皮，瞎扯淡，就是不说人话，真没劲。李小民笑了笑，没搭话，表示认同。接着，张顶天又给李小民倒了他肚子里的苦水：大姐家要盖房，二姐家孩子要上大学，大舅子要结婚，小舅子要订婚（他老丈人英年早逝，丈母娘体弱无力，媳妇是家里老大）……都等着用钱呢。李小民不知道该说些什么。活该？不合适。他还是笑，跟着张顶天一起无奈地笑，笑出了声。李小民想，张顶天啊张顶天，真是顶着好大一片天啊！

到了小区门口，李小民下了车，给张顶天挥手说了再见，正准备进去时，张顶天打开车门走了下来，绕过车头，过来搂住李小民的肩膀，深情地说："有啥事就说话，咱们兄弟间，用不着客气。你要是愿意，来给我当项目代表也行，那玩意看几本书就能应付，你肯定没问题。"

李小民被张顶天的话说得有些感动，好久没有人给他说过这样的安慰话了。他看着张顶天，控制了一下自己有些激动的情绪，说道："有你这话，兄弟我就知足了，要是真过不去，肯定少不了麻烦你。"

张顶天开车离去后，李小民站在原地，看着张顶天远去消失的方向，回味着张顶天刚才那些兄弟情深的话，笑着摇了摇头。他不知道自己是不是一直盼着别人对他说那样煽情的话，而那样的话现在只会被张顶天说出来。现在，张顶天终于说出来了，而他终于被感动了。他需要的就是这个吗？他不知道。有可能是。想到这里，李小民又开始厌恶自己了。或许，张顶天也只是说说而已，他向来喜欢拍胸脯。

现在，李小民转向小区的大门口，仰头看着眼前一栋栋高楼里或明或暗的窗户，其中有一个是他所谓的家。家里有一大一小两个女人，一个不欢迎他，一个欢迎他，两个都怕他。他该回去吗？那是谁的家呢？到底是谁需要一个家呢？他不知道。他不知道的事情太多了。

李小民觉得应该在外面再走走，多走一会儿，在这明亮的城市的夜里，在这喧嚣的无人的夜里，一个人好好走一走。

三

李小民结婚时，本来想让张顶天当伴郎的，可张顶天死活不干。张顶天说自己是已婚人士，众所周知，已婚人士是不能当伴郎的。李小民说："哪儿有那么多能不能的，我说能就能。"张顶天说到底就是不当，说不能坏了规矩，让亲戚朋友笑话。李小民拿他没办法，只好另行找人。其实在他心里，没有人比张顶天更适合当他的伴郎了，这是他没结婚之前，甚至没找到女朋友之前就笃定的事情。可惜张顶天已经结婚了，孩子都三岁了。

张顶天结婚可真够早的，李上大学时，第一次谈恋爱就私订了终身，刚上班就搞大了人家姑娘的肚子，属于先上车后补票，他妈不同意也没脾气。他妈岂止是不同意，简直要气炸了，骂张顶天瞎了眼，骂他没脑子上了贼船。在他妈眼里，南大毕业的张顶天，人如其名，给他们老张家好不容易挣来了脸面，可偏找了个中专生当媳妇，家境比他们家还不如，简直岂有此理。

张顶天的婚礼是在老家办的，宴席上的菜跟村主任家儿子结婚时一个档次，烟酒比村主任家还高一个档次，直接把村里人随礼的水平从五块钱拉高到了十块钱。

张顶天带着一身红装的大肚子新娘，转着桌给人敬酒时，他妈隔着窗玻璃看着这个儿媳妇，越看越生气，咬牙切齿地骂道："羞了先人了，丢死人了，哎嗨嗨……"

张顶天的两个姐异口同声地说："妈，你快不要说了，说那些有啥用，也不看看今天是啥日子。"

张顶天他媳妇和他妈两个人都是急性子刀子嘴，用张顶天自己的话来说就是"一对王"，怎么着都吃定了他。他母亲的那些话不用传到儿媳妇的耳朵里，看一眼婆婆的那张脸就知道了。换过来亦然。尽管两个人一个住老家，一个住城里，可一旦见了面，马上就能擦出"火花"来，像两只互不相让的斗鸡，时刻准备着把对方啄个一败涂地。这个时候，张顶天就头大了，不知道怎么办了，十足的孙子样。媳妇骂他："你简直不是个男人，结了婚当了爸的人了，还怕老娘怕得要死。"老娘骂他："你还是不是我的儿？成家立业的人了，你连个媳妇也管不住，一点儿用都没有。"张顶天低着头，不说话，由她们说，任她们骂。有一次，张顶天他妈带着他们一岁多的小女儿来城里待两天，李小民和女朋友买了东西过去看望。他们坐下没一会儿，婆媳两个人不知道为啥就杠上了。老的扭过头去拉着脸一言不发，媳妇摔门出去直奔楼顶，吓得张顶天赶紧让李小民他女朋友上楼去看看，别出什么事。这边，他自己好言安慰自己的老母亲，劝她老人家消消气，身体要紧，别跟年轻人一般见识。张顶天他妈是大苦大难里过来的，全凭自己撑起了家，老头指望不上，她是他们家的掌柜的，劳苦功高，说一不二。她觉得这是应该的，大家也觉得这是应该的。张顶天他媳妇凭什么当家呢？凭什么动不动给她儿子还有她脸色看？他媳妇有她儿子学历高吗？有她儿子单位好吗？有她儿子挣得多吗？他媳妇差得远呢！可他媳妇就当了她儿子的家，把她儿子管得服服帖帖的，让她只有捶胸顿足的份儿。有天半夜，李小民被张顶天的电话突然吵醒，说又跟媳妇干仗了，问能不能过来跟李小民挤一挤。意思就是说他又被媳妇收拾了，半夜被扫地出门了。李小民哭笑不得，可他怎么搭救流落街头的兄弟呢？他和女朋友两个人租一间小房子，一张一米五的床，实在没地方安顿落难的张顶天啊。最后，李小民拿着自己的身份证，去张顶天他们家附近的小旅馆开了一间房，算是解了困。

刚毕业那几年，他们落脚城市，从这个城中村搬到另一个城中村，从这个局促阴暗的房子搬到另一个局促阴暗的房子。张顶天经常叫李小民过去吃饭，他媳妇厨艺确实不错，干煸豆角尤其做得好。张顶天媳妇在李小民面前表现得很是通情达理，一点儿不像一个难说话的人。李小民要是客气几句，张顶天他媳妇就会说："看你说的那话，你和张顶天是啥关系，发小啊，跟别人能一样？"她说得那样真诚，几乎让李小民感动了。李小民想，他和张顶天是不应该见外的。

很多个傍晚，李小民和张顶天站在六楼的屋顶，双手搭在围栏上，看着这一大片城中村之外那一片大得无边的城市，城市里的那些洋房小区，会有他们的一套房子，一个像城里人一样的家的。他们相信那天不会太远。

北京奥运会举办开幕式时，他们端坐在张顶天家的那张被子乱堆的床边，看着近在咫尺的小彩电，电视屏幕上有少量的雪花闪烁。国歌奏起时，他们一下子从床上蹦到地上，站得直直的，像军人一样敬礼，差一点儿泪流满面。

等到他们好不容易凑够首付、准备买房的时候，才发现可供他们选择的实在不多。城市的繁华热闹处，只是他们的风景，那是别人的生活，他们的生活只能在城市的边缘。其实，张顶天本可以买套好房子的，可惜需要他接济的人实在太多了，而他又不能拒绝，只能先别人后自己。最后，他们一起在南郊大学城的某个小区买了房子，两个人前后楼。当时，那个小区的南边和西边还是大片大片的庄稼地，周围大学是不少，可跟他们有什么关系呢？李小民本来想买在西郊的，那边虽然厂子多，空气差，毕竟相对方便些。可张顶天非要他俩买在一起，给他说大学城的规划，人文环境，闹中取静。李小民终于被他说动了。

房子还在盖时，他们俩就去实地查看过好几次，硬是说服工地的工人，戴上安全帽，挤上摇摇晃晃的升降电梯，在他们还没成型的房子里看了又看，量了又量。他们商量着怎么装修，什么风格，哪儿放什么，什么家具。他们俩前后楼，多近啊，有事没事喊一声就听见了，就来了，多好啊。

李小民领完结婚证，张顶天刚好买了车。车是他们俩一块儿去提的，白色的大众朗逸，尾号570。

"这号好啊，下次换车肯定就是雷克萨斯570啊。"

"我也是这么个意思。"

"我的婚礼就570当头车了，你给兄弟我当回司机。"

"不搞个奔驰宝马啥的？只要你愿意，我肯定没问题啊。"

"那就这么定了。"

李小民结婚前夕，张顶天刚好在贵州出差，特地请了假回来，和媳妇两个人一身正装，作为李小民的自己人，笑着忙前忙后，出谋划策，让李小民轻松不少。

那一早，在鞭炮声中，李小民坐着张顶天的570，接来了一身白纱的妻子。他们每个人都青春洋溢，有着让人羡慕的面孔和神态。他们以为生活会一直这样。

婚礼上，张顶天知道李小民不胜酒力，敬酒前，给酒盅里偷偷兑了好多矿泉水。李小民的母亲和哥哥当然也在场，他们当时还生活在另一座城市。李小民的母亲讲话时，眼泪禁不住流了下来，他哥也流了泪，张顶天和他媳妇也流了泪，许多人都流了泪。李小民没有。李小民的眼泪早就流过了。那是几天前，在上班去的通勤车上，他想到自己竟然长大了，竟然要结婚了。他想起父亲和爷爷，两个最爱他最包容他却早早从他生命中退场的人，他甚至都不能清晰地想起他们的面容了。要是他们还活着该多好，要是他们能来参加自己的婚礼该多好。可惜他们不会了。想到这里，李小民的眼泪就下来了，只有几滴泪，很快被他悄悄地擦掉了。

婚礼结束后，李小民和妻子一起看礼单，看见张顶天和他媳妇一人随了一份礼。

李小民的新婚妻子笑着说："这个张顶天真有意思。"

李小民没有说话。

四

李小民已经好多天没见张顶天了，这是很不寻常的事。他只听说学校里那一帮子混混儿，最近又在外面跟人打了架，还打死了人。张顶天平时跟他们有些交情，不知道这次的事情有没有他的份儿。李小民希望与他无关，不然就麻烦了。

李小民和张顶天租住在学校外面的村子里，学校没有宿舍，大家都在外面各自找地方住。和他们同住一屋的还有其他两个人，都是他们镇上的。四个人里，李小民和张顶天走得最近，经常一起结伴而行。他们四个人睡在一张大炕上，李小民靠着墙睡在最右侧，张顶天紧挨着他。其实小学五年级的时候，李小民就和张顶天在一张炕上睡过，睡了不到两年。那是在李小民的母亲打工回来之前，也是在寄住在三姨家的哥哥回来之前。那时，李小民吃在奶奶家，一个人住在他们家，整个家里他说了算，他想让谁住进来就住进来，他想在家里怎么玩就怎么玩。可母亲和哥哥回来后，李小民就觉得家不再是他的家了，他好像也不再是他自己了。接着，他和母亲之间的战争就爆发了。从来没有什么绝对的胜者，每次他们都遍体鳞伤，却从不认输。最后，可能他们都累了，漫长无尽的沉默便在他们之间开始了。

李小民早熟，经常跟对面职教中心的几个男生女生一起混，吃夜市，打牌，说一些百无禁忌的笑话，当然，也追女孩。用张顶天的话讲，高二的李小民已经提前过上了成人生活，这让他羡慕不已。虽然张顶天长得高高大大，力气大，篮球打得也很好，跟几个有名的混混儿也比较熟，可见了女生，向来只知道抓耳挠腮，左顾右盼，半天说不出一句顺溜话来。所以，他愿意去窥探李小民那个他可望而不可即的世界。他帮李小民写的情书提意见，帮李小民的约会出点子，甚至还出头帮李小民把一个潜在的情敌揍了一顿。李小民自然对张顶天毫无保留，绝对信任，愿意带张顶天进入他那个有些放纵颓废的世界里去。尽管张顶天愿意，可当他真正站在那个充满欲望的世界里时，还是有点儿害怕。他不知道自己能否掌握得了那些看起来很诱惑人的东西，所以宁可按兵不动。

李小民突然想起上个月会考的事情。考前一个小时，他们收拾好，正要出门时，张顶天"呀"了一声，他和同屋的两个人一脸茫然地回头看着张顶天。张顶天紧张又害怕地说："我的准考证不见了。"于是，大家一起开始找，席子底下找，褥子底下找，被子里面找，抽屉、桌子上找，窗台、门背后找，地上角落里找，找了又找，找了好久，都没找到。他们问张顶天："身上仔细找了吗？"张顶天冒着汗答曰："当然找了，所有的兜都翻遍了，没有啊。"大家又各处仔细找了一遍，还是没有，离开考只剩不到二十分钟了，他们三个不能再等了，必须走了。这时，张顶天突然仰天长啸道："天要亡我啊！"李小民他们几个都蒙了，接着忍不住笑了起来，马上又把笑绷住了，因为大家看到张顶天真的哭了。正当他们带着愧疚准备离去时，张顶天哭着又摸了一遍自己的裤兜，结果，一下子就摸出了那张神秘失踪的准考证。张顶天马上破涕为笑，又露出了无赖的表情，跟着他们一路跑着去了学校。

张顶天就是这样，像个活宝，不知道什么时候，就会做出戏剧性的动作，说出戏剧性的话，给无聊的高中生活平添许多难得的谈资。这也是张顶天可爱的地方，有点儿像长不大的男孩。他不像同龄的大多数人，要么已经变得狡黠世故，要么变得麻木迟钝，要么如李小民一样放浪不羁。张顶天有点儿像特殊的一个。李小民喜欢这特殊的一个。

这天晚上，都快睡了，张顶天突然警觉地出现在门口，也不进来，压低嗓子把李小民叫了出去。在漆黑的村路上，借着朦胧的月光，张顶天稍显悲壮地对李小民说："哥出了点儿事，得出去躲一阵，这些你先帮哥看管着。"说完，张顶天从裤兜里掏出一块已经不走针的破手表、一把锈迹斑斑的仿冒瑞士军刀、一个袖珍手电筒，还有一沓学校食堂的饭票。把这些东西一股脑儿塞在李小民手里，张顶天接着说："哥能不能回来上学还不一定呢，搞不好就此亡命天涯了。这些东西你先替哥收好，一年之内我要是回不来，就都送给你了。"尽管张顶天说得声情并茂，一副壮士一去有可能不复返的样子，可李小民还是觉得想笑，觉得这事有些滑稽，但他还是忍住了，收下了张顶天托付给他的那些东西，朝着他郑重地点了点头，硬是逼着自己说出了那三个字："放心吧。"说完，他就在心里大笑了起来。

没多久，张顶天就回来了，重新睡在了李小民旁边，重新和李小民一起结伴而行。张顶天认识的那几个混混儿确实打死了人，其中一个拒捕时被直接击毙。打死人时，张顶天也在场，可他只是在场围观，许多围观的人都可以证明。他的清白和自由是毋庸置疑的。

这次事件，把张顶天吓得不轻。作为家里的独子，他在他们家的地位可想而知。他父亲一心给村里小学看门，家里大小事情，全靠他妈一个人撑着。他妈小时候是从河南逃难来的，受尽艰难屈辱，饥饿的记忆三生难忘。流落异乡后，他妈亦是受尽白眼刁难，这更让他妈对张顶天这个唯一的儿子寄予莫大的希望，从他的名字上就看得出来。如果张顶天出了事，上不了学，那怎么光宗耀祖，怎么给他受尽苦难的老母亲交代？他想必想到了后果的严重性，所以自此塌下心来，好好学习天天向上了。

李小民还是老样子，高中远离母亲和哥哥，自由重新回来了。那是一种更大的自由，和以前不一样的自由，李小民身在其中，迎面而上。

五

李小民靠在操场边的一棵槐树上，看着一帮同学在追逐一个破足球。

操场上的浮尘几乎能淹没脚面，他们蜂拥着跑来跑去，肯定吃了不少土，更多的土被他们搅动起来，变成低低的昏黄的云，笼罩着他们。他们不是踢比赛，也不朝远处踢，而是看谁踢得高。"砰"的一声闷响，破了皮的足球跟二踢脚似的，上了天，高过树，高过电线杆子，甚至高过旗杆，然后在一声闷响中落在地上。

李小民不想加入其中。其实，他也不是不想，只是即使加入了，估计跑个半死，连一次球也摸不到，还不如当个安静的看客就好，也安全。李小民能想到瘦弱的自己跑去踢球的场景：他跑得气喘吁吁，满头大汗，被他们又挤又碰，一次又一次地摔倒在地上，狼狈不堪。他们肯定又要嘲笑他，甚至侮辱他，而他只能生气，或者，只能偷偷生气，其他什么都做不了。他们知道他拿他们没办法。他的胳膊腿那么细，打不过他们，也骂不过他们。他在他们眼里，简直就是一只古怪的猴子。这个猴子死了父亲，哥哥被送到了亲戚家，母亲外出打工去了，他跟着奶奶生活，实在是一个可以随意捉弄的对象。

他们的判断是对的。无论他们怎样欺负李小民，他都不会把他们怎么样。他们肯定觉得他太窝囊了，他自己也这么觉得。有时候，李小民也会想象着，不顾一切地反抗，跟他们拼命，那样他们就怕了，就不敢对他放肆了。可他想了无数次，却从未实践过，这让他觉得自己更窝囊了。就像在奶奶家，每到吃饭的时候，仅有的一个菜端上来，李小民要是多夹几筷子，两个叔叔的脸色就不对了，那种明显的鄙夷让他无地自容。他知道他们嫌弃他，可他还讨厌他们呢。他只能忍气吞声。他无处可去。他盼着自己早点儿长大，最好一夜之间就能长大，可惜不能。所以，他只是在奶奶家吃，不在她家住。他一个人住在自己家，住在那个大大的院子里。奶奶问他，怕吗？他说不怕。不怕是假的，只是没有那么怕，只是相比较屈辱感而言，害怕就算不得什么了。

一个人住在大大的院子里，最难熬的其实是孤单。一个人时，李小民有大把的时间用来想事情。他想父亲，想他们都说已经死去而他拒绝承认的父亲。他觉得父亲只是去了远方，迟早会回来的，而不是在那个长满了荒草的土堆子里。他们让他去上坟的时候，他坚决不去。所以，他们都骂他是孽子，不孝。他也想母亲。母亲离开时对他说过几天就回来的，他天天跑去车站等，等了一个多月，等到众人皆知。后来他不等了，每天放学回来，在家里一边小声地唱着《世上只有妈妈好》，一边流眼泪。现在他不流眼泪了，他只是想母亲，想着想着，他觉得母亲会不会也像父亲一样不再回来了，从他生命中彻底消失了呢？母亲当然会回来，三个月左右回来一次。母亲每回来一次，李小民就觉得母亲陌生了一些。那个回来的人，只是长得像母亲而已，真正的母亲说不定已经走远了。

李小民很想有一个玩伴和自己住在一起，一起说说话，保守彼此的小秘密。他们村子的那几个不行，他们有自己的家，他们的父母也不愿意他们跟李小民这样一个所谓的"野孩子"日夜相随。形单影只的李小民，有时候觉得好难受好难受，觉得自己好像快要被整个世界抛弃了，他迫切地想要找到一个能拉自己一把的人。

李小民正在胡思乱想的时候，有人朝他喊话了。

"李小民！李小民！"

李小民循声望去，看见一张病黄的脸，正朝着自己笑着喊话。

"发什么愣啊，来啊，来踢球啊。"

李小民认识那个人，他叫张顶天，是隔壁班的住校生。他们背后都叫他河南侉子。听说他母亲是河南逃难过来的，听说他父亲是个窝囊废。这都是别人说的，在张顶天背后说的。他们不敢当着张顶天的面说。张顶天长得又高又壮，做操站队时站在最后一排，踢球时能一脚把球踢到云里去。张顶天可不会让人欺负到自己头上来，他也从不欺负别人。张顶天的书念得也很好。有一次摸底考试前，他翘课去了隔壁镇上赶集，回来时，考试时间已经过了大半，班主任教训了他一顿，本不想让他考的，却又想看看他能考出几分来，想看他笑话的，结果他竟然考了一百分。

就是这个张顶天在喊李小民踢球。

"你们踢，我踢不动。"

回了张顶天的话，李小民的眼睛就一直跟着张顶天在操场里跑来跑去。李小民想，张顶天真是一个不错的朋友啊。很快，中心小学五年级二班的李小民，就和隔壁一班大块头的张顶天成了好朋友，并把张顶天从学校宿舍拉到了他们家，和他睡在了一张炕上。李小民和张顶天成为好朋友后，就很少有人欺负他了。

某一天，当李小民和张顶天两个人并排坐在戏院的土墙上，无聊地晃荡着四条腿的时候，一辆桑塔纳从他们眼前一阵风似的开了过去。

他们都认得那辆车，那是乡长的车。

李小民撇着嘴说："他以为他坐的是飞机！"

张顶天不屑地说："他以为他坐的是火箭！"

他们异口同声地说："他咋不上天去呢！"

说完这句，他们都哈哈大笑起来。

笑完了，李小民说："等我长大了，也得有那么一辆，比他那辆还要好。"

张顶天说："我也一样。"

李小民说："我的就是你的。"

张顶天说："我也一样。"

回家

王军开车走在回家的路上，十岁的女儿萱萱坐在后排，低着头，用电话手表放歌听。那首循环播放的呜里哇啦的歌，折磨得他耳朵疼，可他又不好多说女儿什么。

王军忍不住问："这首歌好听吗？"

"什么？"萱萱大声说，"你说什么？"

王军大声说："你喜欢听这种风格的歌？"

萱萱笑着说："我们班都喜欢，这是最近超流行的一首歌，你没听过吗？"

王军没有说话，他不知道该说什么。随着女儿渐渐长大，他们之间的话题越来越少了。尤其是这一年来，他们简直有点儿无话可说。

车刚开出呼和浩特市，离鄂尔多斯市还有二百二十公里。出发之前，王军打电话给父亲，说要带着萱萱回来。父亲问他能赶上午饭吗，他说应该能。父亲又问他中午想吃什么，他说随便。父亲说那就炖羊肉吧。他说都行。

王军想象着年迈的父亲双手拄着助步器，在楼下车库前的那片空地上，来来回回地锻炼着，无力的右脚把地上的小石子磨得刺啦刺啦响。父亲每天上午下午都要下楼走啊走，锻炼右半边渐渐麻木的手脚。他知道，父亲想尽力挽留住身体的坠落，哪怕让它坠落得慢一点儿也行。

车刚上高速，王军就有些后悔了。这种后悔是习惯性的，非常熟悉的后悔。每次开车出了城，这种熟悉的习惯性的后悔就来了。王军有点儿怕回家，怕亲眼看见摇摇欲坠、风烛残年的父亲。他对现在的父亲爱莫能助，甚至隐隐地有种厌恶。这种说不清道不明的厌恶，让他更厌恶自己。后来，他有点儿想明白了，这种厌恶其实是一种逃避和恐惧，对衰老的逃避和恐惧。因为他明白，在父亲身上发生的一切，将来也可能会发生在自己身上。或许等他老了，还不如现在的父亲呢。

尽管每次回家都心存畏惧，可王军还是得硬着头皮一往直前。难道打道回府吗？回自己家？那也得硬着头皮才行。其实，他就是想离开两天，才决定回去看看父亲的。

昨晚，王军紧赶慢赶，把手里的活处理完，回到家时，萱萱还没有吃饭。电视开着，王丽在家里不知所措地走来走去。她每天都这样走来走去，不知道自己要干什么。萱萱趴在自己的床上，在玩电话手表上的傻瓜游戏，嘻嘻地傻笑个不停。

他问王丽："你在干吗？"

王丽呆呆地看了他一眼说："嗯？"

王军又问："做饭了吗？"

王丽茫然地看着他重复道："嗯？"

他没再说什么，赶紧跑进厨房下挂面。他买了许多挂面，以防万一。他已经不怎么生气了，连无奈和痛苦都越来越少。这样的场景，这样的对话，他已经见怪不怪。

挂面很快煮好了，王军又煎了三个鸡蛋，三碗面摆在了餐桌上。

王军对王丽说："快吃饭吧。"

王丽挠了一下头说："好。"然后，她姗姗来到了餐桌前，坐在了椅子上，不紧不慢地吃了起来。

王军朝萱萱喊："萱萱，快来吃饭。"

萱萱仍旧趴在床上，玩她的傻瓜游戏，嘻嘻地笑个不停，对王军的喊声充耳不闻。

王军又喊了两声，萱萱应了一声，可仍迟迟不见出来。

王军有点儿生气，径直走进萱萱的房间，从她手里把电话手表拽了过来，气汹汹地看着她说："喊了你好几遍了，你怎么回事？"

萱萱白了他一眼，厉声回道："你怎么回事？"

王军叹了一口气，苦笑着说："你都是上四年级的人了，让我说你什么好？"

萱萱下了床，穿上拖鞋，跺着脚走向餐桌，斜坐在椅子上，不情不愿地扒拉了几口饭，又回房间去了。

王军说："吃了这么点就不吃了？"

萱萱说："不吃了。"

王军说："饱了？"

萱萱说："饱了。"

说完，萱萱哐的一声关上了房门，把王军和王丽关在了门外。王军无奈地摇了摇头，继续吃饭。王丽扭过头，略显无辜地看了一眼萱萱紧闭的房门，又扭过头来看了王军一眼，低下头继续吃自己的挂面，吃得漫不经心。

王军说："明天我想回一趟家，看看我爸。"

王丽说："好。"

王军说："萱萱跟我一起回去吧，她也好久没回去了。"

王丽说："好。"

王军说："你一个人在家行不行？"

王丽说："行。"

王军没再说话。

他们俩一起吃挂面，都吃得漫不经心。

第二天早上，王军本来想早点儿走的，可萱萱起得晚。他们早餐吃的是面包、牛奶、鸡蛋，营养又方便。萱萱喝了半盒牛奶，吃了半个鸡蛋、半片面包，就声称自己吃饱了。

路上车很多，车子最快勉强能开到时速七十公里。王军开得心烦意乱，他也不知道自己那么着急干吗。他想跟萱萱说会儿话，打发一下无聊的时间。他回过头一看，萱萱已经歪着脑袋睡着了。电话手表仍在呜里哇啦地响着，像只发了疯的小兽。萱萱的眼睛微睁着，露出一丝眼白，似乎透着不满。她一直有微睁着眼睛睡觉的习惯。她睡觉时，能看见她的眼珠子在眼皮下面转来转去，让人不禁担心她在梦里也是焦躁不安的。

回到家时，父亲他们已经吃上饭了。

保姆笑着说："等不上你们，我们就先吃了。"

父亲边吃边笑着说："赶紧坐下吃吧。"王军看见几粒米饭顺着父亲的嘴角掉在了桌子上，其中一粒滚落到了地上，被父亲无知无觉地踩在了脚下。

红光满面的阿姨面无表情地说："你爸知道你们要回来，炖了好大一锅羊肉，生怕不够你们吃。"

阿姨是父亲十年前自己找的老来伴，他们一直叫阿姨，也只能叫阿姨了。父亲是在住院时认识的这个阿姨，那时她还没有退休，是市中心医院的老护士长。也不知道他们怎么就相中了彼此，搭伴过起了日子。阿姨跟父亲领了证，住进来之后，父亲才告知他们这件事。他们也知道父亲并不是在征求他们的意见。父亲从来不会征求他们的意见。他们无话可说，也不想说，说了也没有用。

自从前年身体出了状况后，父亲就和那个阿姨分床睡了。父亲起夜多，睡觉不安稳，那个阿姨嫌父亲扰得她睡不好，父亲便睡到了小卧室。保姆睡在餐厅墙角的折叠床上。他们回来的话，就在客厅的两张沙发上将就。人多的话，就去下面车库里睡。

王军对萱萱说："问人啊。"

萱萱白了他一眼，不情不愿地嘟囔着说："爷爷好，奶奶好。"

王军父女俩刚围坐在餐桌旁，保姆又添了些炖好的羊肉端了上来，油滋滋的，直冒热气。那个阿姨往碗里夹了些菜，起身去客厅吃了。她向来这样，不愿意跟他们在饭桌上打照面。

车还没开进鄂尔多斯市时，王军的肚子就饿了。可当他回到家，坐在了餐桌前，面对满满一大盆炖羊肉时，却忽然失去了胃口。他很喜欢吃炖羊肉，可现在，这看上去诱人的炖羊肉，却莫名而无声地折磨着他。

王军对萱萱说："快吃吧，你爷爷专门给咱们炖的。"

萱萱皱着眉，鄙夷地看了王军一眼，拿起筷子在盆子里翻来拣去。

王军不悦地说："你看准了再夹，别翻来拣去的。"

萱萱把筷子从盆子里撤了回去，摇了摇头说："太大了，一个比一个大。"

王军说："大块才好吃，不大块能叫炖羊肉？"

萱萱撇了撇嘴，勉强吃起了白饭。吃了小半碗米饭和好不容易才找到的两小块肉，萱萱便放下筷子，摸了摸肚子，表示自己吃饱了。

王军说："再吃点儿吧，还有好多呢。"

萱萱皱着眉，一脸痛苦地说："我吃不下了，打死我也吃不下了。"

其实，王军也吃不下了，可他还在吃，在吃这一大盆让他浮想联翩也让他望而生畏的炖羊肉。那是专门为他们炖的，萱萱可以吃两口就不吃了，可他不能。

尽管王军逼着自己吃了不少，至少他认为自己吃了不少，可还是剩了大半盆。他看着盆里仍旧像小山头一样的炖羊肉，顿时一阵恐惧，恶心随之而来，最后涌上心头的是羞愧。

王军把碗碟端回厨房，撸起袖子，正准备洗碗的时候，那个胖胖的保姆小跑着进来，一脸讪笑地说："你放下，我来我来，你去客厅里看会儿电视，歇会儿。"说话间，保姆便不由分说地把他挤到了一边，麻利地洗涮起来。

王军笑着说了句辛苦，只好转身出了厨房。

这是他们给父亲雇的保姆。父亲患糖尿病多年，自从一跤跌成了偏瘫后，脾气也慢慢变得不可理喻。两年多的时间里，他们一连请了四个保姆，三个受不了他古怪粗鲁的脾气走了，其中第二个保姆倒是好脾气，可老爷子却嫌人家不讲卫生，干啥没个分寸，坚决辞了。等到第四个保姆不辞而别后，他们一时找不到合适的，又把辞退了的那个请了回来。

王军来到客厅，看见父亲坐在那张皮椅上，似睡非睡。萱萱百无聊赖地坐在旁边的沙发上。王军在萱萱身旁坐了下来，扭头看着父亲，顺便用余光瞥了一下正在看电视的那个阿姨。那个阿姨正目不转睛地盯着电视屏幕，像石化了一般。

王军笑着对父亲说："睡一会儿吧。"

父亲慢慢地睁开一双浑浊的老眼，沙哑着嗓子说："马上就睡呀。"说完，他咳出一口浓痰，用左脚把旁边的垃圾桶拨到自己跟前，把痰吐在了垃圾桶里。

电视的声音戛然而止，王军扭过头去，看见那个阿姨仰着头，目不斜视地从他面前经过，走到卧室门口时，又猛地转身朝厨房走去。然后，阴阳怪气的声音便从厨房清楚无误地飘进了他的耳朵里："我说少做点少做点，非要炖一大锅，每次都这样，生怕饿着他们家的人似的，你看看，又剩下一大堆……"唠叨完，她又面无表情从厨房里飘了出来，飘进了她的卧室，哐的一下关上了门，把他们关在了门外。

王军当然知道那些话是说给自己听的，父亲耳背，根本听不见。那些话，他也不是听过一次两次了。刚开始时，他当然会觉得不舒服，甚至很不舒服。这是他家啊，她说这话是什么意思？剩下又怎么了？花她的钱了？这个家里的吃用花费、保姆费、水电费，一切费用都是他爸和他们这些儿女出的，她大呼小叫个什么啊？时间久了，他不那么在意了，更多的是觉得可笑。本来他们和那个阿姨之间，相敬如宾最好，可她偏不，非要兴点风作点浪出来。她一把年纪了，何苦呢？他有点儿想不通。

把父亲扶到小卧室躺下后，王军出来问萱萱："你要睡午觉吗？你睡的话，把沙发床打开躺一下。"

萱萱没说话，摇了摇头。

王军本来有点儿困，想躺下来眯一会儿的，可萱萱不肯睡，他也没办法睡。再说，他也不习惯躺在沙发上睡，睡起来比不睡还难受。

王军想起鄂尔多斯市东郊新开的野生动物园，听说规模空前。他对萱萱说："要不我们去新开的动物园转转吧，老师不是让写一篇关于动物的作文吗？"

萱萱眼睛一亮说："你不说我都差点儿忘了。"

在导航的指引下，他们开车来到动物园门口。排队买票的人可真不少，里面的人就更多了，比呼和浩特市动物园的人都多，动物园也比呼和浩特市的大且漂亮。

王军好久没来过动物园了，看着那些或可爱懵懂，或凶猛冷酷的动物时，一丝童心萌生而出。当王军站在瞭望台上，看着下面原野上的几只狼离人如此之近，却又目中无人的样子时，感觉真是奇妙极了。

王军说："萱萱，看啊，狼！"

萱萱说："我知道是狼。"

萱萱拿着手机，调好焦距，对着狼拍了几张照片，就急忙赶往下一处。

王军说："不再看会儿了吗？"

萱萱说："没啥好看的，还不如《动物世界》里看得清楚呢。"

萱萱一口气走了好几处，每到一处，掏出手机，猛拍几张照片，扭头就走。王军简直有点儿跟不上她了。

"萱萱，萱萱。"王军在后面喊。

萱萱一边走一边扭过头瞪了他一眼，生气地说道："别大呼小叫的。"

王军小跑着赶上萱萱，喘着粗气说："你那么着急干啥呢？"

萱萱说："看动物啊。"

王军说："看动物得慢慢看，好好看啊。"

萱萱说："不是正看着呢嘛。"

王军说："你那叫看吗？"

萱萱说："那叫什么？"

王军说："我们不是来拍照的，照片网上多的是。"

萱萱说："不一样。"

王军说："什么不一样？"

萱萱说："这是我自己拍的。"

王军说："好吧，我不知道该说什么了。"

萱萱说："那就别说。"

说完，萱萱继续急行军似的逛她的动物园，拍她的照片。

王军本来打算在动物园里花上三个小时左右的，可不到一个半小时，他们就出来了。两个人坐在车里歇了一会儿，就开车回了家。

进了小区，一过转角，王军就看见父亲在车库前的那块平地上挂着助步器，拖着一条无力的腿，来来回回地走着，锻炼着。

王军跟父亲打了招呼，来到车库里面，坐在小茶几旁的藤椅上。车库里有一张宽一米二的床，角落里围了个厕所，再就是他面前的小茶几和两把藤椅了。这个车库最早是奶奶住的。奶奶从老家来了鄂尔多斯市之后，虽然高龄，也能走能吃，耳聪目明，可没想到大小便失禁，弄得家里整天臭味缭绕。无奈之下，父亲便把车库收拾了出来，让奶奶住了下来。奶奶在车库里住了四年，每天不是在车库门前慢慢地走来走去，就是坐在门前的小马扎上发呆晒太阳，直到咽气。

搬到车库后，奶奶好长时间都闷闷不乐，后来才慢慢接受了自己的命运，只是变得寡言起来。父亲为此自责了好一阵子，可又想不出更好的办法。王军那时还在上学，偶尔思考起这个问题，既心疼父亲，又心疼奶奶，更多的是无奈。

奶奶去世后，车库空了一年多。后来，车库租给了一家开餐馆的四川人。晚上经过车库前，里面时不时传出的嬉笑声，让王军羡慕不已。

前几年生意不好做，那家四川人回老家不再来了。车库空了大半年，正当他们想着再把车库继续出租时，父亲摔倒了，偏瘫了。医生叮嘱他每天多走多练，有助于恢复，车库这下又派上了用场。医生其实说的都是安慰人的话，多走多练是对的，但并不是什么有助于恢复，根本不可能恢复，最多只能延缓，能延缓就已经谢天谢地了。所有人都心知肚明，父亲肯定也心知肚明，只是他不肯相信——拒绝相信。

王军突然想到，说不定等父亲不能走，不能自理了，也会像奶奶一样住到车库里来，等待着属于他的时刻。那时，尽管父亲不愿意，可也不得不像奶奶一样接受属于自己的那一份命运。

王军正烧着水、准备泡茶的时候，大姐笑盈盈地走了进来。大姐家离父亲家只隔了一条街。幸亏大姐离得近，也幸亏大姐夫脾气好。二姐家远在成都，比他还忙，大姐的重要性不言而喻。虽说请了保姆，可如果没有大姐在跟前帮忙照应，父亲有个大事小情，又能指望谁呢？

大姐把手里提着的小蛋糕放在了抓耳挠腮的萱萱跟前，笑着在萱萱的脑袋上摸了摸，转身坐在了床沿上。

"王丽最近怎么样？"大姐开口问道。

"就那样吧。"王军勉强地说。

大姐笑了笑，没再说话。

大姐当然知道王军不愿意聊这个话题。也不是他不愿意聊，他知道作为亲人，大姐他们都想帮他。他也想跟他们说一说，让他们帮自己一把。可怎么说呢？说了有什么用呢？他们怎么帮呢？根本说不清楚，说了也没有用，谁也帮不了他。至于他能不能把自己从茫然无边的泥沼里拉扯出来，他也说不清楚。

他们一齐看向窗外，助步器的声音由远及近，还有鞋底摩擦地面发出的刺啦声。接着，头发斑白的父亲出现在了他们眼前，嘴角挂着一丝涎水。父亲长吁短叹地挪了进来，王军起身，让父亲坐在他刚才坐的那把藤椅上，把沏好的茶放在父亲跟前。等父亲坐下来，拿起茶杯吹一口喝一口的时候，王军把一旁放着的那个按摩器打开，把里面缠缠绕绕的线理好，按照说明粘在父亲的胳膊和腿上，按下开关，机器便代替儿女给父亲按摩，替他们尽孝。按摩器是二姐从成都寄回来的。二姐回来得少，便隔三岔五地往回寄东西，劝都劝不住。

"王丽还没上班？"父亲突然问道。

王军走到门口，看了看门外，说："没有。"

父亲叹了口气说："她一直不上班可咋办？"

王军苦笑了一下说："你不用操心这个，你把自己的身体照顾好就行了。"

其实，王军想说的是："我不需要她上班，只要她能把家收拾好，把萱萱照顾好，我就烧高香了。"

父亲还想说什么，被大姐劝住了。

大姐笑着说："你就不要操心他了，要相信你儿子，他的事他自己还能不知道？"

父亲摇了摇头，喝了一口茶，握起左手，在自己的腿上、腰上、背上……凡是能够得着的地方，又拍又打。一阵灰尘荡漾而起，涌在了阳光里，随即淹没了他们。

萱萱又开始玩她的电话手表了，那首呜里哇啦的歌又一次像电锯一样响了起来，扯得王军的脑仁疼。

王军冷着脸说："把你那破玩意儿关掉。"

萱萱白了王军一眼，没有说话，也没有关掉电话手表，慢腾腾地站了起来，扯了扯衣角，晃荡着身子到院子里去了。

晚上吃的还是炖羊肉，中午没吃完的那大半盆。大姐没走，留下来和他们一起吃饭。羊肉里烩了点儿土豆和茄子，比中午干吃羊肉好多了。那个阿姨照旧没有和他们坐在一起吃，分了点儿菜，端着碗去客厅了。

王军和萱萱都吃了好多。他们早上和中午吃得少，晚上算是胃口全开。尤其是萱萱，羊肉吃了一块又一块，不嫌大也不嫌肥了，吃得风卷残云。

吃完饭，大姐在餐厅里和他们坐了好一会儿，东聊一句西聊一句，聊萱萱的学习，聊他们家儿子开的比萨店，聊远在成都的二姐……他们聊的都是安全话题，对那些尴尬的、冷场的话题敬而远之。大姐今年都五十二了，还有三年退休。大姐已经显出了老态，越来越像母亲了。

大姐回家后，王军帮父亲好好洗了一个澡。父亲又一次赤裸在他面前，像一截干枯腐朽的木头一样，任他摆布。他看见父亲浑浊的眼神闪闪躲躲，神情中略显羞涩。赤裸的父亲，对身体失去掌控的父亲，对自己难免绝望又心怀希望的父亲，让他陌生不已、不敢直视的父亲。他们父子俩沉默不语，任水唰唰唰喷在身上，溅落在地上，打着旋儿坠入黑暗深邃的下水道里。

等王军安顿好父亲，来到客厅时，电视已经关了，那个阿姨已经回到她的房间里去了。那个房间曾经是属于他母亲的。母亲从陕北的小山村来到鄂尔多斯市，在平房里住了好几年，然后搬到了楼房里，住到了那个主卧，直到几年后，安眠药把她从他们的生活中彻底带走。没有人知道为了什么，父亲自始至终一句话都没有说，他们也从未问过父亲。

萱萱已经歪在沙发上睡着了，鼾声微响，眼睛微睁。他先把萱萱抱到电视对面那个皮沙发上，把靠门这边的沙发床铺好，又把萱萱抱回来，盖好掖好被子。然后，他关了灯，躺在了萱萱身边。躺下没一会儿，王军就睡着了。临睡时，他决定明天吃完早饭就回呼和浩特市，就说领导临时交代了一件紧要的事情。

第二天一早，王军对父亲摆出了他事先编好的理由。他们父女俩匆忙扒拉了几口饭，就上车出发了。透过倒车镜，王军看见父亲挂着助步器，茫然地看着他们，不断后退，直至从倒车镜中消失。王军莫名地松了一口气，随即又悲哀起来。

离开了父亲家，要回到自己家去了，可王军一点儿都感觉不到轻松自在。他不知道家里有什么在等着他，或者说他知道家里等着他的是什么。不管怎样，他必须回去，就像回父亲家一样。

快到呼和浩特市的时候，电话里发出了信息提示音。排队过收费站的时候，王军打开了手机。是那个阿姨家的大女儿发来的微信消息。她问他王丽最近怎么样。他和她几乎从未在手机上联络过，只是点头之交而已。她为什么突然问这个？

出于礼貌，王军还是回过去了两个字："还好。"

那个阿姨家的大女儿又问道："听说王丽最近严重了？"

王军有些不悦地想：你听谁说的？当然不会有别人，只会是那个阿姨。而那个阿姨又是听谁说的呢？也只能是他的老父亲。

王军无奈地回了一句："正调理着呢。"

那个阿姨家的大女儿说："都好些年了啊，这么拖下去只会越来越糟，不如早点儿了断了好。"

王军吃了一惊。了断？怎么了断？她是不是想说离婚？像她一样，带着一个孩子过得风风火火？她怎么会说这样的话？她以为她是谁？

其实，大姐和父亲他们也曾旁敲侧击地提过这种可能——离婚的可能。王丽这样既然这些年了，一直不见好，反而越来越严重，拖下去对谁都不好，不如狠下心各走各的路。王军也不是没这么想过，可想归想。王丽病了啊，病得越来越严重了，自己的老婆病了就不要了？重新去寻找新的幸福？怎么给岳父岳母交代？怎么给萱萱交代？又怎么给自己交代？没法交代，便没法离。

王军还没进家门，领导的电话就打过来了，说是一个外地的项目出了点儿小问题，需要他赶去现场看一下，下午就得走。谎言转眼变成了现实，王军不禁自嘲地笑了。

家里还是老样子，跟他走时一样。王丽不出所料地坐在沙发上，电视不出所料地开着。他们进门后，王丽站了起来，像往常一样，一会儿揉搓着手，一会儿扯着衣角，开始在家里漫无目的地走来走去。

王军说："你没事吧？"

王丽说:"嗯。"

王军说:"我下午要出趟差。"

王丽说:"嗯。"

王军说:"有啥事就给我打电话。"

王丽说:"嗯。"

王军看着王丽的背影,突然想到,或许王丽比他更无助,更茫然。或许,她也一直在想办法从那个世界里逃离挣脱出来,回到他们身边来,变成以前的那个王丽。她不是没努力过,只是太难了,较量的双方太过悬殊,她无力抵抗罢了。

收拾好行李后,王军来到了岳父家,想给他们打声招呼,让岳父早晚接送一下萱萱。岳父家离他们家不远,隔了两条街,直线距离不超过三百米。站在岳父家门口,按响门铃之前,王军清晰地听到了岳母在里面唱京剧的声音。可等他按响门铃之后,唱腔止息了,门内一点儿动静都没有,也没有人来开门。王军又按了好几下门铃,依然没人来开门。岳母明明在的,为什么不开门呢?真是一个怪人。这种奇怪不是一天两天了。这种奇怪会不会遗传呢?或者说王丽现在的状况会不会跟岳母的古怪有关呢?王军不得而知。

出来后,王军给岳父打电话。岳父说他在公园里看人下棋呢。岳父当然不会撒谎。岳父知道王丽的状况,还常常觉得对不起王军,也觉得有愧于王军的父亲。王军还宽他心,让他不要这么想。毕竟,谁也不希望这样。

岳父听他说要出差，连声说："你走你的，有我呢，我一会儿就过去看看。"

傍晚时分，王军已经在东北某座城市一家酒店里，准备好好睡一觉，明天一早赶往项目现场。

王军刚洗完澡，坐在床边擦头发的时候，电话响了，是萱萱打过来的。

王军接起电话说："怎么了？"

萱萱说："我还没吃晚饭呢！"

王军说："妈妈呢？"

萱萱说："废话，在呢啊。"

王军说："姥爷呢？"

萱萱说："姥爷早回他们家了。"

王军说："姥爷没给你们做饭吗？"

萱萱说："姥爷本来准备做来着，可妈妈说她一会儿做。姥爷回去后，妈妈又不做了，妈妈肯定又把做饭这件事忘到另一个星系里去了。"

王军说："那你就下挂面吃吧。"

萱萱说："一提挂面我就想吐。"

王军说："那怎么办？要不，你去外面吃？你能行吗？"

萱萱说："有什么不行的？"

王军说："那你自己出去吃吧，想吃哪家就进去吃，吃完了，爸爸加人家微信发红包付账。"

萱萱说:"好吧。"

王军说:"问问你妈,看看她想吃啥,给她也带上一份。"

萱萱说:"好吧。"

挂了电话,王军想到常常忘记做饭的王丽,忘记饿的王丽,忘记收拾家的王丽,忘记干什么的王丽……甚至忘记了自己的王丽。王丽是什么时候变成了这样的呢?王军想了又想,追根溯源,一直追到生了萱萱之后。好像是有了萱萱之后,王丽才慢慢变了。她先是变得焦躁不安,后来又变得茫然无措,甚至呆若木鸡。会不会是产后抑郁症?产后抑郁症会持续这么长时间吗?他不知道。

有了萱萱之后,王丽就不再上班了。也是有了萱萱之后,王军升了职,一天到晚忙得团团转,出差更是家常便饭。王军一忙就是这么些年,很少有放松休息的时候,也很少有静下来好好想一想的时候。在他忙着加班出差的那些时候,王丽一个人在家干吗呢?她在想些什么呢?她发生了哪些变化呢?他不知道。

王军想起他的母亲。母亲随父亲从农村来到鄂尔多斯市后,父亲长年在煤矿上班,十天半个月才能回来一次。母亲在鄂尔多斯市,人生地不熟,犹如笼中之鸟。母亲拿什么来填充那些巨大的时间沟壑呢?母亲从来没给他们说过这些,父亲更不会过问这些。时间在母亲背上,变得越来越重,最后,终于让她支撑不住,自求解脱。是不是这样呢?他不知道。

王军拨通了王丽的电话,响了半天,王丽才接了起来。

王丽在那边小心翼翼地说了声："喂？"

王军说："家里还好吧？"

王丽说："还好。"

王军说："没啥事吧？"

王丽说："没事。"

然后，王军就不知道该说些什么了，王丽在那头也沉默了。挂了电话，王军才想起本来他想说出去旅游的事情的。他们已经好些年没出去旅游过了。

王军躺在床上，想着家里的事，想着乱七八糟的事，想着想着，就睡着了。在梦里，他漂在大海上，起起伏伏，似乎要沉下去了，却又总是浮在水面。只是他看不见岸，也看不见人，只有他，还有身下茫茫无际的大海……

垂垂老矣

五点多，天刚蒙蒙亮，老王头就醒了。他先是继续躺了一会儿，然后，起身挂着助步器，拖着步子，去了一趟厕所。像许多次一样，老王头在马桶跟前，站了好一会儿，一滴尿都没尿出来。他很想把这泡尿尿出来，可他实在站不住了，腿抖得厉害，继续站下去，就会有摔倒的可能。于是，他又颤颤悠悠地来到了客厅，也没开灯，客厅里什么都看得见，他就那样坐在沙发旁边的椅子上，打了会儿盹。保姆这会儿肯定睡得正香，她通常六点半起床。保姆五十上下，是山西榆次还是什么地方的，他有点儿记不清了。

六点半，保姆起来了，很快洗漱完，开始给老王头准备早饭。早饭千篇一律，大半碗热牛奶，里面泡点儿炒米，一个煮鸡蛋，半个饼子，每天差不多都是这些。保姆吃得很快很急，通常只吃点儿饼子和鸡蛋，就不再吃了。老王头一辈子吃饭不紧不慢，太快或者太慢，在他看来都不像话。每次吃饭，总有饭菜顺着老王头的嘴角，掉落在桌子上或者脚边。他为此很是沮丧，但没办法阻止这样的事情发生。他嘴唇上、腿上以及胳膊上的肌肉还有脏器，都已呈现出失控的迹象，只不过各有快慢而已。他所能做的，就是适当地锻炼，还有好好地吃饭。其实，他早厌倦了这千篇一律的早餐，可他已经没资格任性了，他得尽力挽救自己的衰败。

吃完早饭，擦抹收拾完，给老王头捏了一会儿腿，揉了一会儿肩背，从冰箱拿出一小块肉提前解冻，把米饭蒸上，保姆就出门去了，让老王头有什么事打电话。老王头知道保姆不是找小区里的那几个老乡扯闲话，就是去外面广场上，跟着花花绿绿的队伍跳舞去了。也是，她跟他一个老头子待在家里有什么意思，他又不爱说话，也不爱听人唠叨个没完。况且，他们之间，也实在找不出什么话说。待在同一个屋里，又无话可说，彼此多难受。

老王头也不是不能出去，只是出去一趟太费劲了，不能像别人那样抬腿就走。他住的是步梯楼，尽管是三楼，可上下一趟，很是折腾费劲。万一跌个跤，那就更不得了了。即使死不了，估计他也得躺在床上干瞪眼熬日子。

去年的这个时候，他的左半边身子还没这么沉，左腿左手也还有些力气，每天上午下午都要下去，在楼前的空地上，挂着助步器来回走一会儿，锻炼一下。累了，他就到车库改造成的小房间里歇一会儿，泡点儿茶喝。过了年，他的身体就不允许他一天下去两趟了。即使下午的那一趟，不仅他自己折腾得满头大汗，保姆也跟着满头大汗。看得出来，保姆也不乐意他下去，只是他硬要下去，她也不好说什么，只得跟着流一身汗，背地里，还不知道怎么说他呢。儿女们则明确反对他下楼去，说万一跌一跤，先不说他们麻烦，他自己首先得遭罪，那是他们替代不了的。他看得出来，他们已经在嫌弃自己了，巴不得自己早点儿死了算了，省得他们一趟一趟地往回跑。老王头是这么想的，也是这么说的。他们一个个唉声叹气，说他不可理喻，一点儿也听不进去好赖话。老王头质问他们说："你们这是说我不知好歹了？你们一个个的……"于是，他们一个个都闭了嘴，不敢再提这茬，只是给保姆道声辛苦。

出门之前，保姆给老王头打开了电视。以前，老伴活着的时候，他们每天都要看几集连续剧。现在，电视虽然每天照开，可只是听个响动。老伴是去年年跟前走的，走得很快，这让老王头悲伤之余，甚至有点儿羡慕。他不知道自己到时能不能走得那么利索，要是不利索可怎么办？他不敢想。

老伴是他退休那年认识的。那时，老伴还在市医院当护士长，后来经人介绍，见了几面后，就搭伴过了。这事是定了后，老王头才告诉儿女们的，说他找了个老伴，让他们回来一趟。老王头一辈子习惯了给别人做决定，儿女们上学的事、工作的事、结婚的事，哪一样都是他拍的板。他自己找老伴，他们当然管不着，也不用跟他提前商量。他当然看得出来，他们一个个虽然嘴上没说啥，回来见到老伴，也都是一张笑脸，可一个个说话前所未有的客气，那意思就是说：我们才是这个家的主人，你是谁啊，赶紧给我们走人！老伴当然不可能走，于是，儿女们没过夜就都走了。老王头知道，他们这是用自己的方式向他抗议，可抗议无效。这以后，他们回来的次数，明显比以前少了，常常一个月也不一定见着一回人影。他们即便回来，最多也是隔夜就走。过年时，他们在家待个两三天顶多了。

虽说儿女们从未跟他当面顶过嘴，可老王头知道，他们对他不满着呢。他与他们之间的隔阂，怕是这辈子都难以消除了。其中最主要的原因，恐怕还是他们的母亲的事。

在儿女们看来，母亲之死，与老王头有很大的关系。如果他能稍微关心一下他们的母亲，能稍微尊重一下他们的母亲，她也不至于走得那么突然且决绝。老王头觉得自己在外面忙工作，挣钱养家，女人在老家种地带孩子，根本没什么好抱怨的。更何况，那个年头，不是每个家的男人都能端上铁饭碗。最终让妻儿老小都过上城里生活的人，就更是屈指可数了。她说来到城里不习惯，谁也不认识，跟坐大牢似的。她一直不习惯，他老王头能有什么办法，难不成搬回农村去？他在煤矿上班，离家远，在单位大小是个领导，事情多，责任大，回家少是自然的，又不是他故意不回家。他在家时，朋友同事们过来，一起吃顿饭喝两杯，她做个饭招呼一下，这不都是女人应该干的吗？至于他偶尔说她几句，可她也不是没回过嘴。再说了，夫妻之间，哪有不拌嘴吵架的，打架的都不在少数，要是啥事都往心里去，那日子就没法过了。他们的母亲就是这样，啥事都积在心里，还都是些老王头看来鸡毛蒜皮的小事。就是这些小事，让她在他还有两年多退休、最小的女儿还在读高中时，用一瓶安眠药结果了自己，让老王头成了儿女们眼中不言自明的罪人，甚至是凶手。

女人去世刚过三周年不久，老王头就找了这个老伴，这更让儿女们觉得，他是一个冷酷无情的人。不管回来后，还是电话里，儿女们都只是问他的身体怎么样，吃的怎么样，需不需要买啥东西，再没有别的话题了。老王头也是一样。儿女们小的时候，老王头说什么他们还都乖乖听着。可现在，没说几句，他们就不耐烦了，他也就懒得和他们多费口舌。所以，他才给自己找了个伴儿。

老伴跟他一起搭伴过了二十年，虽说也常常拌嘴，可谁也没红过脸，没往心里去过，转眼就翻了篇。他们一起去小区外面的广场上锻炼，她跳她的广场舞，老王头绕着广场遛弯，或者坐下来边跟人闲聊，边看着她们一群老太太跟着音乐扭胳膊摆腿；他们一起看电视剧，跟着剧情一起喜怒哀乐；他们一起商量着买什么菜，做什么饭，哪些菜更健康，更适合"三高"年老的他们；他们一起去医院体检、开药，吃饭前一起吃药，坐在饭桌两边一起打胰岛素；他们一起感慨儿女转眼就大了，自己转眼就老了，该安心过几年清闲日子了，可还是忍不住操心他们，又惹得他们厌烦……

自从找了老伴后，老王头才觉得真正为自己活了。以前，他一直忙，为工作忙，为儿女忙，自己怎样都无所谓，更别说为女人考虑了。这么想的时候，他又觉得挺对不住他们的母亲的，觉得她这一辈子过得挺不值的。其中有她自己性格的原因，也有他老王头的原因。不过，现在说什么都晚了，没用了。

那年，老王头摔成偏瘫之后，一度对生活绝望极了。他想活着，又怕活得没个人样。他真要瘫在了床上，吃喝拉撒全靠别人伺候，尊严全无，活着还有个什么劲？即使他厚着脸想活下去，可儿女们一个个都不在身边，除了忙工作，还有孩子要照顾，能勤回来几趟就不错了。老伴的身体，也就比他稍微强点儿，照顾他一个瘫子，恐怕是有心无力。雇保姆吧，给你做饭收拾家可以，喂吃喂喝端屎端尿就别指望了。电视里不就报道过，那种虐待瘫痪或者失智老人的保姆吗？那会儿，老王头对自己的身体特别失望，脾气也变得空前的暴躁，动不动就发火，连请了好几个保姆，都受不了他的坏脾气，撂挑子走人了。

虽然嘴上嚷嚷着死了算了，可他还是想活，活得像个人样，起码生活能自理。可身体背叛了他，他拿它一点儿办法都没有，只能无端地发脾气，跟整个世界较劲。如果不是老伴一直不断地鼓励他，他真不知道自己会怎样。儿女们自然也没少安慰和鼓励他，可他死活听不进去他们的话，甚至对他们恶语相向。老伴的话，他却最终听进去了，说来也真是奇怪。那个时候，他以为自己肯定要走在老伴前头呢。前年年底，老伴晕倒了一次之后，每周就得去医院做透析。先是每周一次，半年后，成了每周两次。

每次都是她自己去，没人陪，她的几个儿女离得更远。每次做透析回来，老伴坐下半天都缓不过劲儿。那时候，老王头就隐隐觉得老伴可能麻烦了。去年年底的时候，老伴就倒下了，住了几天院，就闭了眼。他也没掉眼泪，也不怎么遗憾，毕竟，他俩能一起搭伴将近二十年，已经相当不容易了。这二十年里，两个人过得还那么和谐默契，更是难得。只是猛地剩他一个人，没个说话做伴的，实在是孤单得慌，简直跟把他一个人撂在了无边的旷野上一样。

电视一直响着，画面一直变化跳跃着，至于演了什么，老王头根本没注意。坐了好一会儿后，他呻吟着站了起来，挂着助步器，在家里来来回回转了七八圈。每转到窗户前，他都要停下来，朝外张望几眼，看看下面，有没有他认识的什么人，他们在下面都在干什么。以前，有人在下面说话声音大了，哪怕是小孩，老王头都觉得扰了自己的清静。现在，他不怕吵了，甚至，还盼着窗外能有一些动静，那表示这个世界像心脏一样还在跳动着，而他也还感受得到这种勃勃生机。其实，老王头最想在窗外看到的，还是他的儿女们。虽然在一起时，他有些烦他们，他们也有些烦他，可他还是盼着他们回来。可他知道他们今天不可能回来，今天是星期三，他们都在上班呢。

挂着助步器，走了大概半个多小时，身体出了一点儿汗，老王头在沙发旁边的椅子上坐了下来。打了一会儿盹后，他拿起沙发扶手上的手机，准备给儿女们打电话。老王头有两个儿子四个女儿，他不确定要打给哪一个。他的脑袋离手机屏幕很近，仔细地盯着手机里的那些名字，一下一下地往后翻着，由最前面翻到最后面，又从最后面翻到最前面，如此好几遍，还是不确定该拨通哪一个。最后，他叹了口气，又把电话放下了。

过了一会儿，早晨没尿出来的那泡尿，又突然刺激着他的膀胱，他赶紧起身来到了厕所。刚把那软塌塌的玩意儿掏出来，还没来得及把座圈掀上去，尿就一下子出来了。尿就像他的身体一样，被抽了筋似的，软塌塌的，每次都得滴在裤子上或者马桶上。这回赶得急，滴得比平时还要多一些，不过，好在尿得还算畅快。提上裤子，看了看座圈上的那些黄色的尿滴，他想扯点纸擦掉，可想了想，又算了，反正保姆看见了会收拾的。

从厕所里出来后，老王头打了个长长的哈欠。他看了一眼墙上的钟，才十点半。他挂着助步器来到卧室，把沉重的身体挪到了床上，半倚在枕头上，不一会儿，就闭着眼睛睡着了。睡梦里，老王头回到了刘家岔，跟他母亲两个人，坐在屋檐下，晒着太阳说着话。别人都不愿意回来，都愿意住在城里。他们本来也不愿意让他回来，说刘家岔太偏，生活不方便，可最后还是拗不过他。村里能搬走的都搬走了，留下的总共也没几户人。他生在这里，也要老死在这里，这叫落叶归根，人生才圆满，年轻人是永远不会懂这些的，他们根本体会不到。

一阵敲门声，把老王头从老家的屋檐下拽了回来，他这才知道自己刚才是在做梦。这一两年，他做了许多这样的梦。他听见有人在敲门，敲得很重，肯定是保姆又忘带钥匙了。老王头撑起沉重的身子，把自己挪到了床边，然后双手握紧助步器，颤颤悠悠地站了起来，一步一步，小心翼翼地朝着客厅走去。开了门，保姆笑着对他说了声抱歉，用手使劲地拍了几下自己的脑门，连声说："你瞧瞧我这猪脑子，真是越来越不够用了！"她每次都这么说，可还是会忘，让人对她无可奈何。

中午吃的是猪肉烩酸菜，里面还放了胡萝卜和豆腐。吃饭前，老王头照例撩开衣襟，松开裤子，看好刻度，给自己打上一针胰岛素。他老怕自己打错剂量。以前，老伴在的时候，都是她把刻度调好，他只管接过来直接打就是了。现在，尽管每次他都要保姆帮他看一下，把个关，可总感觉保姆让人没法放心。最后，还是得他拿着针管，凑在眼前，看个确切才放心。老王头的腰上，转着圈，密密麻麻有许多紫黑色的小点，那都是他注射胰岛素的针眼，在他松松垮垮的腰上、肚皮上，显得有些触目惊心，却也早已见怪不怪了。

保姆虽然人邋遢点儿，做的饭味道还是挺不错的。吃完饭，把腿脚从掉在地上的那些米粒上挪开，老王头来到了客厅，看了会儿《午间新闻》，又看了后面的《天气预报》。午睡时间到了，保姆早就进自己的屋里去了。她常跟老家的亲戚朋友视频，嘻嘻哈哈，话多得说不完，或者看各种搞笑的视频，跟着傻笑个没完。老王头回到自己屋子里，躺在床上。他盼着睡着后，能再回到刘家岔的院子里，和母亲一起继续在屋檐下晒太阳。

122 | 鲜花大道

刚过下午两点，老王头就醒了。平时他能睡到两点半以后，今天起得早一些。起来坐在床边缓劲儿的时候，他努力想了想午睡时做的梦。他确信是做了梦的，可一点都想不起来梦的内容了。

保姆早醒了，他听得见手机视频里的那种夸张的神经质的笑。老王头喊了一声保姆，又喊了一声。视频声音没有了，门开了，保姆走了出来，问他现在下去，还是过一会儿。他说这会儿就下吧。

正是保姆的好身体，才敢让她接下这份工作，老王头的儿女们也才敢雇她。没有一个力气大的保姆在身边照应，老王头怕是要待在楼上把牢底坐穿。或者，他干脆搬到下面车库里住。可他不愿搬到车库里去住，尽管车库里有卫生间，也有电视。许多外地人都来他们小区租车库住，携家带口地住在里面。

在他没有偏瘫之前，他家的车库一直是出租着的。最早的时候，车库里住着他的老母亲。他的老母亲一直不肯来城里，一个人在老家凑合了好几年，才被他软磨硬泡地带到城里享福来了。那会儿，他上班的地方在百里之外，回家少，即使回来，也忙得顾不上陪她。她那会儿能吃能喝，腿脚啥的都灵便着呢，没想到大小便突然就失禁了。老婆收拾得多了，难免不乐意。儿女们，包括他自己，也嫌家里老弥漫着一股子屎尿味，就劝说母亲住到楼下车库里去。母亲二话没说就住下去了。有时，在楼上看着母亲孤零零地坐在车库前的小马扎上，一坐就是大半天，像一尊雕塑一样，他心里难受极了。可他想不出别的办法。在车库里住了三年后，母亲就去世了。老王头后来想，如果母亲不住下去，或者说，不把母亲从老家硬接过来，她是否能多活几年，而且活得很自在？所以，当儿女们透露出想让他住下去的愿望时，他坚决不同意。他不想像母亲一样，体会被人遗弃的感觉。

一溜楼梯走到半截，他非得停下来喘口气不可。走到拐角平台处，他还得再歇缓一回。好几次，他走到半截大喘气的时候，保姆不解地问他，怎么不换套电梯房，又不是没有钱，再说这儿的房价也不算贵，何必天天受这份罪。每次他都打哈哈，说哪有那么容易。他当然攒了点钱，可儿女们一直都没提过换房子的事，他也就不好再说什么了。

终于坐在了车库里，保姆给他烧上了水，就出去了。老王头得歇缓好一会儿，顺便泡点儿茶喝。茶是三女儿买的，普洱茶。他原来一直喝铁观音或者龙井的，后来三女儿说，喝发酵类的茶叶对身体更好，就给他换了普洱，听说还不便宜，一饼好几百甚至上千块。虽然喝不惯，他还是硬着头皮坚持喝，只要对身体好就行。

半个小时后，老王头来到车库门前，开始在门前的空地上进行例行的锻炼。小区很老了，水泥路面早已坑坑洼洼，许多大大小小的石子，散落在地面上，他得格外小心才行。每走一步，他无力的左脚，就会和地上的石子摩擦出不大不小的声响。每次走到顶头的时候，老王头都会停下来，伸长脖子，朝小区大门方向望一眼。如果他正往回走，听见身后有脚步声，或者说话声的时候，他也会停下来，转过头看一看，是不是他认识的谁。

小区里，老王头认识的人越来越少了，大部分都搬走了，没搬走的，也多数不在了。以前，这一溜车库里，住着好几个他认识的老头。每次下来给母亲送饭的时候，他都要去认识的那几个老头那里坐一坐。老王头跟他们说起自己在煤矿当领导时的事，从最初的几乎是风餐露宿，到初战告捷，再后来就是蒸蒸日上。那些热血沸腾的日子，即使现在想起来，也仿佛历历在目。那几个老头知道了他是个退休领导后，跟他说话一下子客气了好多。他们去世后，几乎没人知道他是什么退休领导了，连认识他的人都少得可怜，更别说坐下来，听他说陈年旧事了。刚退休那几年，每年过年前，单位还会派人来，看望一下他们这些退休的老同志。后来，领导换了届，就没人想得起他们这些老家伙了。至于亲戚们，现如今，一个住这里，一个住那里，离得远，也就很少走动，顶多过年时串个门。除非谁家的儿女结婚了，或者谁不在了，才会通知他。

走了一会儿，微微出了点儿汗后，老王头回到了车库，喝了点儿水，闭着眼睛，在椅子上眯了会儿，一睁眼，已经四点多了。老王头把放在小茶几上的手机拿过来，按到电话簿，开始从前往后翻，又从最后翻到最前面，像上午一样，如此翻了好几遍，还是没确定打给谁。大女儿离他最近，也就五六十公里的距离，明年就该退休了。有一次，他笑着说："你明年退休了，过来照顾我怎么样，我给你开工资。"大女儿听了吓了一跳，说："那怎么行，我还有自己的家，儿子都三十好几了，还没成家呢，我都快愁死了。"他也就没再说什么。其实，他也只是随口说说，可心里还是一阵凉。二女儿最出息，考上了名牌大学，后来一直在省城当记者，只可惜一直单过着，没有结婚。她单过着也就罢了，偏偏前些年得了宫颈癌，不到五十岁的年纪就走了。三女儿最贴心，动不动就给他买这买那，吃的用的，挡都挡不住，回来得也勤，可偏偏害了睡不着觉的毛病，每晚都得靠安眠药才能睡着，北京、上海、广州的大医院都去过了，也看不好。按说，三女儿的日子最好，工作好，女婿脾气好，女儿争气，啥也不缺，人人羡慕，可怎么就睡不着觉了，还那么严重，老王头想不通。四女儿最小，女儿刚上小学，一家人在省城过得紧紧张张，房子的首付还是他掏的。早些年，他让小女儿去他当年的煤矿，地方虽小，可毕竟待遇好。那会儿，他认识的人还没退休，还塞得进去。可人家宁愿在省城紧巴巴地过着，也不愿意去煤矿上班。他当然强迫不了她。大儿子就在他原来的单位，虽然能说会道，却也只是个科长。最近几个月，大儿子几乎每星期都回来，且带着老婆孩子一起回来。以前，大儿媳妇回来时，跷着二郎腿只知道看电视，现在勤快得不得了。以前，他那孙子回来了，在家里根本待不住，现在回来了，哪儿也不去，坐在他身边嘘寒问暖，孝顺得不得了。老王头隐隐地觉得，大儿子一家有点儿孝顺得过头了。他看在眼里，却也不愿多想，随他们便吧。二儿子回来得最少，有时一个月也回来不了一次，说他忙，有设计不完的图纸、出不完的差。

二儿媳妇更是好几年都没回来了，至少有五六年了。每次问二儿子，他都说媳妇有事回不来，或者干脆说不想回来，回来也没她啥事。他听大女儿还有三女儿说了，二儿媳妇得了什么抑郁症，一直在吃药，好些年都没上班了，待在家里，不收拾家，不做饭，不管孩子。不是她不愿意，是她没有那个意识。她自己已经一团糟了，哪管得了别的。听说，这个病严重的话，都有跳楼的。老王头最愁的就是二儿子了，每次二儿子打电话说要回来，他都说："你还是别回来了，你把自己家里的事处理好就行了。"二儿子让他别操心，他也不想操心，也知道操心无用，可还是忍不住地操心。

五点多的时候，保姆回来了，把他扶上了楼。上楼的时候，他闪了一个趔趄，差点儿仰面摔下去。以前，他最怕摔倒，最近他不怕了。他都想好了，如若真的摔得瘫在了床上，一瓶安眠药就解脱了。药是当初老伴开的，她只吃了一点儿，还剩下大半瓶呢。他倒是把保姆吓得不轻，一个劲儿地说"老天爷啊"。他说："摔死也没事，不怪你，我都给他们提前说过了。"保姆被他这话惹得哈哈大笑起来，仿佛他说了一个笑话似的。他可没骗她，他真的给儿女们说过了。

晚饭照例是五谷杂粮粥，菜是西红柿炒豆腐，肉只放几片，提个味儿。老王头喝了多半碗粥，后来又添了点儿。保姆笑着说："你今天胃口不错。"他说："可能是走得多了点儿，消耗得多。"保姆说："能吃就好。"

吃完饭，离《新闻联播》开始还有半个小时，老王头已经坐在沙发上等着了。看完《新闻联播》和《天气预报》，他又和保姆一起看了一会儿电视剧。看电视剧的时候，保姆只是笑嘻嘻地看，也不和他说话交流。他也只是盯着屏幕，没有说话的欲望，甚至根本就没看进去，脑子里一直在走马灯似的想这想那。快九点的时候，保姆用大木桶打来了洗脚水。他泡脚的时候，保姆用毛巾给他擦了擦前胸后背。洗完脚，保姆又给他按摩了一会儿。按摩完，保姆就回自己房间去了。

老王头正想着，要不要回房间休息的时候，电话响了，是三女儿打来的，问他这几天身体怎么样。他说跟以前一样。三女儿又问他，需不需要什么东西，她这周回来时买上。他说不需要，家里啥都有。然后，对话就结束了，电话就挂了。过了一会儿，当他准备去厕所撒泡尿时，电话又响了。这回是小女儿打来的，和三女儿一样，小女儿也问他最近身体怎么样，需不需要什么东西，说她这周不回来的话，下周肯定要回来一趟。他给小女儿说了跟三女儿同样的话，然后电话就挂了。

他来到厕所，掀开座圈，在马桶前站了好一会儿，只尿出来几滴尿。他本来也没什么尿意，只不过睡之前，能尿一点儿最好。躺在床上，熄了灯，临睡时，老王头想起上午做的那个梦，想着如果夜里能继续做那样的梦，回到刘家岔，继续和母亲坐在屋檐下，继续晒他们的太阳就好了。

过了几天，老王头又一次回到了刘家岔。这一次回来，他再也不走了。如他所愿，他终于和老母亲并排躺在了一起，旁边是二十几年前离他而去的女人。这一次，不再是梦了。来送别老王头的人当中，有当初非常好的几个邻居，有当年的好几个同事，单位也送来了挽联，他许多年没见过的亲戚几乎都到齐了。人们聚在一起，评说着老王头的一辈子，都说他当了一辈子干部，风光体面了一辈子，临走时也走得很利索，跟他老母亲一样，是个有福气的人。儿女们也跟着说："是啊是啊，我父亲确实是一个有福气的人，我们这些做儿女的都经常羡慕他呢，我们就不一定有他的那份福气了。"他们说完了，适时地流了几滴浅浅的泪，又继续忙活去了。

肖红女士

肖红搬到百家园小区快半年了，她的家政公司也开业四个多月了，生意谈不上惨淡，但离兴隆还有不少距离。印制的廉价名片上，她的头衔依旧是"肖经理"。可这个跟了她十几年的称呼，已经随着她的家具厂远去了。一同远去的，还有她的果断和自信，以及其他很多东西。现在的她，佝偻着腰，一脸沧桑，甚至有那么点儿邋遢，怎么看都不像个成功人士。

家政公司就开在肖红的家里，也不算真正的家，她住的是廉租房，原则上只让住，不让搞别的，被人举报或者查到了，是要退房的。所以，像其他许多人一样，肖红见了谁，都备好一张卑微的笑脸，生怕被人嫌弃，或者看不顺眼，一个电话就得卷铺盖滚蛋。

这几年政府盖了很多廉租房，尽管自认为符合条件，可肖红并没有把握一定能申请到，尤其是位置比较好的，比如金钻广场旁边的这个百家园小区。她想找人花点儿钱，可她没关系可找，也没钱可花。幸运的是，她没花钱没找人，却出乎意料地分到了房子。住进来不久，肖红就开起了家政公司。她也想过干别的，可除了搞家政，别的都需要投入一定成本，现在的她两手空空，她得白手起家。

虽说叫家政公司，却连营业执照也没有。办执照得花钱，还得缴税，她一分钱都不想缴，也缴不起，何况场地也是一个问题。如果她的家政公司以后搞大了，成了几十人上百人的大公司，有了真正的办公场地，那肯定得办执照。她盼着那一天早日来临，那也是一种光荣，可惜她现在光荣不起。她在劳务市场雇的那两个农村女人，四十好几了，比自己小好几岁，看着比自己老相，却比自己的精气神足得多。今年四十九岁的肖红，自然是一个有故事的女人，现在落魄了，但她相信自己很快会东山再起的。

肖红每天的主要工作内容就是装作业主，理直气壮地混进附近大大小小的小区，在每个单元的通知栏上或人家的门缝里，塞上自己印的小广告。另一种业务途径相对省事一些，那就是躺在公司——也就是她的廉租房里，往许多微信群或者 QQ 群发广告。不能多发，每个群一天只发一条，多了容易招人烦，会被群主或者业主当作"牛皮癣"清理，再进去就难了。什么都得讲究个度，广告也是，适可而止，让别人需要的时候能想起你，细水长流，说不定有一天就会汇成江河湖海，现在需要做的就是耐心等待。

家政公司生意好的时候，每天能接四五个单。再多，肖红手底下的两个人就忙不过来了。如果业务量稳步增加，肖红就会考虑增加人手，现在还不敢冒进。大多数时候，每天只有两三单。也有一天一单活儿也接不到的，好在那种情况少。每当无单可接的时候，肖红如坐针毡，觉得明天风雨飘摇，末日就在眼前。偶尔忙得顾不过来的时候，肖红就想着自己要不要也当一回家政女工。只可惜她搞家务实在不拿手，费时费力，效果还一般般，要是招致客户投诉就不好了，毕竟是服务行业，口碑是生命线。

从劳务市场找来的那两个女人活干得不错，起码到目前为止，还没有收到过投诉。肖红看得出来，虽然那两个女人现在跟着她干，可打心底里瞧不起她这小庙，随时都有另谋高就的可能。前几天结上个月工资的时候，为了稳定军心，肖红语重心长地对她们说："我知道现在委屈你俩了，你们去大公司肯定比在我这儿挣得多。可大公司庙大菩萨也多，是非就多。我这儿虽然刚起步，可只要你们一直跟着我干，以后发展壮大了，你们就好比开国功臣，到时候给你们股份，你们成了副总，就不用干活了，专心把手下的人管好就行。"肖红说得几乎动了情，那两位也听得热血澎湃，信誓旦旦地保证："肖姐——哦不，肖总，我们哪儿也不去，死心塌地跟着你。"听了这话，肖红忍不住红了眼眶，似乎看到不远的将来，自己翻身把歌唱。

这一天，早上八点多，肖红跟往常一样，坐在她的"小红家政"

里，照例往各种群里准时发了一遍家政信息。发完信息，肖红稍稍休息了一会儿，拿起昨天还没发完的半纸袋小广告，准备继续理直气壮地装作业主，去稍远些的小区开展业务。这个时候，肖红的电话响了，她一阵兴奋，以为来了业务。一看电话号码，是一个叫作李燕子的女人打来的。肖红皱着眉头，看着手里的手机响了一遍又一遍，直到最后自己挂掉。

这个叫李燕子的女人昨天就打过电话，肖红也没有接。李燕子前天打电话的时候，肖红是接了的。那是时隔多年，李燕子第一次给她打电话。电话里，李燕子热情地邀请肖红去家里做客，准确地说是她大儿子家。李燕子的大儿子家离金钻广场不远，坐公交只五六站路。她大儿子现在在一所著名大学的附中当领导，李燕子在家里帮忙照看孙子，做做饭，正愁没有熟人说话呢。她还有一个小儿子，现在在搞艺术培训，据说也搞得风生水起。肖红说："等有时间了我就去你那儿转转。"正当肖红准备挂掉电话的时候，李燕子又说："你还住在辛家庙那边吗？你要是没时间，我有空了去找你也行。"肖红有些为难地说："我搬了，搬到金钻广场这边了，我在这边开了一家家政公司。"李燕子说："那刚好啊，我儿子家里好久没收拾了，改天叫你的人过来给彻底收拾一下，反正都是他掏钱，你不要客气，我也省心省力。"肖红说："好好好，我这会儿还有事，咱们有时间再聊。"

挂了电话，肖红自责地想，自己刚才干吗要告诉李燕子自己住在金钻广场附近呢？万一她来找自己怎么办？万一不小心被她撞见怎么办？而且，李燕子是怎么知道自己的电话的？她的号码是去年才换的，知道的人不多。李燕子既然打听到了自己的电话，说明也打听到了自己的近况。她这些年的那些事，李燕子十有八九是知道了。她是想伸手拉一把泥潭里的自己呢，还是想在自己跟前确认她的苦尽甘来呢？肖红不太确定。

年轻时的肖红，在老家县上的林业站工作过几年，是个正式工。李燕子那时是临时工，是死了男人顶的岗，工资只有正式工的三分之一。李燕子就靠那点儿工资养活她自己还有两个儿子。别人都劝李燕子，供一个上学就行，供两个太累了。可李燕子铁了心，谁劝也没有用。肖红也劝过李燕子，说供两个累死累活到时候有可能两头空，供一个还能抓住重点，不至于顾此失彼。可李燕子孤注一掷，肖红也拿她没办法。

那时的肖红，烫着大波浪，戴着大耳环，穿着风衣，蹬着长靴，在县城里简直就像电影明星，走到哪儿都鹤立鸡群。爱慕肖红的人简直多得数不清，她左挑右拣，大浪淘沙，最后嫁给了当时在县税务局当副局长的王国庆。婚后，王国庆让肖红停薪留职回家享清福。可肖红不想待在家里养老吃闲饭，也不想这么早伸手朝男人要钱花。继续在林业站干了几年，肖红终于忍受不了日复一日枯燥乏味的工作，也不搞什么停薪留职，干脆直接辞了职。她也没回家闲待着，而是在县城北边的十字路口，开了一家颇具规模的饭店，当起了老板。

彼时的李燕子在林业站干了好几年，工资未涨，转正无望，开销日多，被迫另谋他路。她原本没想着去投靠当了老板的肖红，打算去省城找点营生做。可肖红坚决要求李燕子来她的饭店管财务兼库房。于是，李燕子就当起了她的左膀右臂。肖红给李燕子开的工资不算低，一是工作的重要性不言而喻，二是工作内容也很饱满。至于交情，那是另外一回事。李燕子长肖红五岁，私下里，肖红一直喊李燕子李姐的，李燕子也直呼其名。可在饭店或者外面时，李燕子都喊肖红肖总，把肖红捧得高高的，给足了面子。

偶尔，肖红去外面吃一回饭，不管去哪一家，吃完结账的时候，老板死活都不肯收钱，都知道她是王国庆的爱人。肖红不愿意占这点儿便宜，就好像她付不起账似的，就好像离了王国庆她就得饿死似的，一番拉扯之后，每次都以她瞪着眼把钱拍在老板面前罢休。不过，话说回来，肖红挺享受这种被人敬畏的感觉的。为了这种感觉，她时不时就会去外面吃一顿，吃饭时，必然会带着李燕子。每当吃完饭，老板笑脸弓腰把她们送出门时，李燕子就会直啧啧，对肖红的日子羡慕不已，觉得肖红过的才叫人上人的日子，还说王母娘娘的日子大概也不过如此。肖红听了哈哈大笑，她心里很喜欢这个比喻。

王国庆平日里很忙，应酬多，朋友也多，经常很晚才回来。肖红不喜欢半夜红着脸摇摇晃晃向她走来的王国庆，这让她想起肥头大耳、笑容油腻的杀猪匠。但肖红知道，王国庆作为小县城里有头有脸的男人，有许多别人没有的体面，也有许多别人无法理解的身不由己。作为家属，她不能无理取闹，得表现得大气一点，只要王国庆回到家里对她一如既往的好就行，只要王国庆把她和女儿王甜甜一辈子放在心上就行。她不是一个小心眼的女人，只要大的原则不乱，让她眼不见心不烦就行。

可县城就那么大点，上档次的吃喝玩乐的地方就那么几个，王国庆欢喜地搂着别的女人的画面一不小心还是被肖红碰见了。其实，肖红也搞不清自己是无意碰见的，还是一直在刻意寻找。不然她怎么在王国庆夜不归宿的时候，动不动就出门乱窜呢。终于，她看见了不知道是她一直想看到的，还是一直不想看到的场景。

肖红不想生气的，她觉得王国庆肯定是逢场作戏。但她还是生气了，而且特别生气。她觉得这就像自己一直端着吃饭的碗，忽然被人拉了一泡屎在里面，而且正好被她看见了。即使这碗洗得再干净，她也没法用它来吃饭了。这么一想的时候，肖红就直犯恶心，觉得王国庆是一个十足的混蛋。她想啊想，越想越生气，心想：你王国庆既然背着我在外面逍遥快活，那就别怪我也给自己找找乐子。肖红从来都是敢想敢干，也给自己找了一个英俊小生。虽说年过三十，有了孩子，可肖红天生丽质，明里暗里常有人送秋波，只是平常她不放在眼里罢了。

世上没有不透风的墙，更何况肖红就是做给王国庆看的，就是要他感到羞辱难堪，从而对她受过的屈辱感同身受。

那天晚上，王国庆照例回来得很晚，而肖红刚好也没睡。王国庆怒目圆睁地说："肖红啊肖红，你可以啊！"肖红说："我再可以也比不上你王副局长啊!"王国庆说:"这么说确有其事了?"肖红说:"你还有脸来问我?你先扪心自问一下。"王国庆说:"我怎么了?我都是逢场作戏。"肖红说:"我也是逢场作戏。"王国庆说:"你——你——你真是把老子的脸丢尽了!"肖红哼了一声说:"你活该!"然后,王国庆就上手了。肖红也奋起反击。结果,王国庆被肖红挠得满脸满脖子都是血印子,而肖红被王国庆揍得浑身好多地方都是淤青。之后的几个月里,这样的场面频繁上演,且一次比一次惨烈。

这场愈演愈烈的家庭战争,不但让两边的亲朋着急上火,更是在整个县城闹得沸沸扬扬。王国庆觉得不能再这样闹下去了,再这样下去前途就闹没了。他想和肖红好好谈谈,要么往事翻篇,谁都别再提,继续好好过日子;要么好聚好散,有啥要求尽管提,他能满足的都尽量满足,大家以后还是朋友。可肖红不愿意跟王国庆好好谈,她咽不下这口气,新仇旧恨皆未了,她怎么能继续开始新的生活。如果不是为了甜甜,她早就跟王国庆同归于尽了。可不跟王国庆同归于尽,其他似乎都太便宜他了,肖红一时不知道怎么办才好。

周围人都劝肖红说,家和万事兴。李燕子也劝肖红,说不为王国庆,也要为甜甜考虑啊,大人闹掰了不过了好说,可甜甜无论跟哪一个过,以后都在别人跟前理不直气不壮了啊!可惜肖红谁的话都听不进去。李燕子的话倒是提醒了她,如果离婚后,甜甜跟了她,那王国庆就见不着甜甜了,或者说能不能见着甜甜,得她肖红说了算。尽管王国庆对她忘恩负义，对甜甜却是百般疼爱，甚至是毫无底线地溺爱。在甜甜跟前的王国庆，简直判若两人，让肖红都感慨万千。如果王国庆的世界里没有甜甜，那会怎么样？

离婚摆上了桌面，王国庆跟肖红商量，能不能把甜甜留在他身边，房子、车子、存款都给肖红。肖红坚决拒绝了王国庆的提议。尽管甜甜最终判给了肖红，王国庆还是决定把房子、车子和所有存款都给肖红，只要甜甜过得好就行。肖红只要了车子和存款，没有要房子。她不想留在这个伤心之地，她要带着甜甜去省城，在大城市开始新生活。她觉得既然自己在县城把一个不大不小的饭店都能开得红红火火，那么在省城随便搞点儿什么养活她自己和甜甜应该也算不得什么难事。现在的那些钱虽说也不算少，可毕竟不能坐吃山空，何况省城的花销本来就大，必须开辟新的事业，混出个人样来，让王国庆看看，让他后悔都来不及。

考察了小半年后，经过深思熟虑，肖红决定进军家具制造业。现如今大家的生活条件好了，一个个都往城里挤，都想改善生活品质，家装市场前所未有地发展，前景一片广阔。刚开始，她当然不敢投入太多，先小打小闹。肖红在东郊靠近火葬场的地方租了几间民房，经人介绍雇了一位四川的木匠师傅，带着几个小徒弟，家具厂就这么开张了。家具厂生产的是办公家具，价格当然足够实惠，质量也过关。肖红亲自搞销售，去新建的开发区，专找小公司，凭着她的颜值和能说会道，总算是一点一点打开了局面。干了几年，攒了些经验，肖红开始转向生活家具。肖红最终的目标是进军高端实木家具市场，创立自己的品牌，在国内有一定的知名度。当然，什么事情都不可能一蹴而就，一切还得慢慢来。肖红先从较低端的家具做起，一点一点地积累。几年后，家具厂再上一层楼，开始做中档家具，做得有声有色。

虽然投身家具业十几年，可肖红并没有攒下多少钱。她觉得想要干成大事，必须要有大格局，眼光得放长远。挣一点钱，她就扩大生产，再投资，改善生产条件和员工待遇。在员工们眼里，肖总大气豪爽，不拘小节，身上有股子大将风范。跟着肖红的人，一直对她不离不弃，他们相信自己没跟错人，坚信他们的肖总将来必定会有一番大作为。

省城早已不是原来的省城了，面积和人口都比当初增加了两倍不止，房价就更不用提了。肖红一直跟甜甜租房住，只不过从小一点的房子换到了大一点的房子。李燕子那几年也在西安打工，闲时过来找肖红叙旧，几次三番劝她买套房子，说好歹给甜甜一个稳定的环境。还说，再不买回头越来越贵了，谁知道房价一直要涨到什么时候去。三说五说，肖红终于被说动了，在东郊辛家庙附近买了一套小两室。李燕子嫌她买得太小了，又不是没有钱，买个大的住着多敞亮啊。肖红笑着说，钱都交代给房子了，生意怎么做大啊。其实肖红想说的是，这就是你鼠目寸光了。不过，她终究不好对李燕子这样说，毕竟，人家也是一片好心。

肖红一天到晚忙生意，根本顾不上管甜甜，把甜甜送进一所学费颇昂贵的寄宿制学校。学校是欧式红砖建筑，声称无论学习还是生活，都实行体贴入微式的管理，做到对每一个孩子心中有数，让每一个孩子拥有无限可能。肖红经常对甜甜语重心长地说："甜甜啊，你可得使劲把书念，念好了妈就能在王国庆那个混蛋跟前扬眉吐气了，你知道吗？"每次说这话的时候，肖红都会双手使劲抓住甜甜的两条细胳膊，用力地摇晃几下，眼里几乎要涌出泪来。甜甜见状，赶紧捣蒜似的猛一阵点头，点得肖红一阵欣慰。

刚开始来省城那几年，甜甜学习不错，挺自立挺懂事的，不用肖红操多少心。可自从上了初中，甜甜忽然就变了。甜甜不爱说话也就罢了，成绩下降也不是末日，可偷东西就非同小可了。当老师把肖红于百忙之中叫去学校的时候，她根本不相信甜甜会偷东西的，且还是惯犯。证据确凿，肖红只有哑口无言了。老师说："我知道你一个人带孩子不容易，回去好好跟甜甜说，别起冲突，现在的孩子自尊心强，我们做大人的，沟通时要注意方式方法。"肖红并没有把老师的话听进去，刚把甜甜带回家，转身就是几个大耳刮子，还踹了一脚。没等甜甜哭出声来，肖红自己委屈得号啕大哭，边哭边号叫："我本来还指望你给我扬眉吐气呢，谁想到你给我丢人现眼来了。你把我的脸面都丢尽了，你是王国庆派来的卧底吗？你成心想让我糟心一辈子吗？"

甜甜没考上正经高中，勉强上了一个民办。肖红也不指望她考啥好大学，她只希望甜甜别再闯祸，别再让她丢人现眼就好。可甜甜还是出事了。

高二第一学期的时候，肖红又一次被老师请到了学校。肖红接到甜甜班主任的电话时，吓得一阵哆嗦，感觉有雷声在耳边炸裂。甜甜的班主任开门见山地说，甜甜怀孕了，这还是学校统一体检的时候发现的，事先甜甜自己一点儿都不知道。这回，肖红一点儿都没有反驳质疑，一直低着头，只不过地上的砖石冰冷严实，没有缝隙可钻。把甜甜带回家后，肖红没有打甜甜。肖红觉得这可能就是老一辈人常说的孽债，自己得认命，然后背一辈子，背到死。到家后，甜甜径直回到自己房间，挺尸一样躺倒在了床上。肖红坐在客厅沙发上，脑子里一片空白，好像被冬天的风刮过好多遍，刮得干干净净。肖红觉得自己坐了有一个世纪那么久，都快坐成一座雕塑了。后来，她挺起僵硬的身子，一声不响地来到了甜甜的房间里，扑通一声跪在了床前。这一跪，把一直埋着头半梦半醒的甜甜吓了一跳，接着歇斯底里地哭号起来。跪在地上的肖红不管不顾地给甜甜磕了好几个响头说："妈求求你，求求你放过妈，妈早都不奢望你扬眉吐气了，只希望你做一个正常人普通人，让我也跟着你做一个正常人普通人，好不好啊甜甜？求求你了，甜甜。"甜甜红着眼，披头散发，鬼一样面无表情地看着肖红，像是从来不认识眼前这个女人。

肖红母女初来省城的那几年，王国庆经常给肖红打电话。王国庆想见甜甜，想让肖红再考虑考虑，让甜甜跟着他，她自己也好重新开始。他不这么说还罢了，这么一说，肖红更是气得差点儿七窍出血。原来，她在王国庆心中一点分量都没有，他一点儿都不在乎他们之间的情分，他在乎的只是他的女儿。他想把女儿从她身边带走，至于肖红自己，爱怎样怎样。她怎么可能让这种阴谋得逞。王国庆想见甜甜，门都没有。王国庆想把甜甜从她身边带走，更是想都别想。肖红直截了当地跟王国庆在电话里说："只要我活着，你王国庆休想见到甜甜。你尽可以去法院告，我肖某人奉陪到底。"王国庆说："肖红啊，这是何必呢？"肖红不接他的话，直接挂掉电话。后来，肖红干脆换了电话，甚至换了住处，可王国庆总能想方设法找到她，一次又一次苦口婆心地和她重复那些话。王国庆变得前所未有地有耐心，这更是让肖红觉得其中有诈，决心和他周旋到底。

王国庆最后一次给肖红打电话，是甜甜上初二的时候。肖红一如既往地直接挂掉。后来，王国庆给她发过来一条短信，短信内容是："既然你执意如此，我以后也就不再打扰你了，只希望你照顾好甜甜，让她健康快乐地长大。如果有什么事需要帮忙，你尽管打电话。"王国庆以前从来没给肖红发过短信，这是第一次，也是最后一次，还是这种莫名其妙的语气。肖红想不通王国庆又在耍什么花招。可自那以后，王国庆真的没再骚扰过她，跟人间蒸发了一样。肖红本来应该高兴才对，可她却隐隐地失落起来。几年后，肖红从别人嘴里听说王国庆再婚了，老婆比他年轻十岁，又给他生了一个女儿，那个女儿也叫作甜甜。她愣了好半天，最后憋出两个字："混蛋！"

甜甜没考上大学，成绩离大专线还有一段距离。肖红听人说铁路学校不错，毕业了能去火车上工作，待遇比上不足比下有余。于是，肖红把甜甜送到了位于城北自强西路上的铁路学校。确定学校前，肖红问甜甜有什么意见，甜甜摇了摇头，什么话也没有说，对一切无所谓的样子。肖红拿她一点儿办法都没有。肖红觉得，才十八岁的甜甜，本来应该散发着无限活力的，却有一股风烛残年之气。

肖红又一次被请到了学校，是甜甜上大二的时候。这一次，她已经一点儿都不害怕了。辅导员说，甜甜一直怪怪的，整天神情恍惚，跟丢了魂似的。别人跟她说话，她常常置若罔闻。她跟别人说的话，别人常常不知所云。辅导员让她尽快带甜甜去大一点儿的医院看看，好好调理一下。其实，肖红早就带甜甜去省人民医院精神科看过了。医院说甜甜严重缺乏安全感，开了些药，说吃着看，注意观察。那之后，肖红对甜甜前所未有地有耐心，她自己也搞不清这是认命了，还是时间让她变得宽容了。

最终，甜甜还是办了退学手续。甜甜如此境况，肖红一下子失去了当初的雄心壮志，好不容易做到一定规模的家具公司跟着停滞不前，失去了方向，很快便人心惶惶。生意场上，不进则退，肖红的家具公司很快由热闹变得寂静了。徒劳挣扎了几年之后，摇摇欲坠的家具公司终于倒闭了。肖红拖欠的一百多万元债务，还是把当初李燕子三番五次劝她买的那套房子卖了才还上。

沉寂了差不多将近三年后，肖红又开了所谓的家政公司。

话说甜甜退了学，在家调理了两年后，看上去好多了，只是不爱说话，但你主动问她什么，她都会应你，不再问东答西，也不再自言自语。肖红想，自己毕竟不能陪甜甜一辈子，必须早点儿给甜甜找个靠得住的人。巧的是，公司散伙的时候，给她看了七年大门的老陈，竟主动来跟她搭亲了。老陈家在附近郊县，家里两个儿子一个病妻。前些年他给老大娶了媳妇之后，老二的婚事迟迟没有着落，眼看着当下彩礼日渐高不可攀，又有长年卧床的老婆子拖累，如此再耽误几年，老二恐怕要一辈子打光棍了。老陈知道肖红今不如昔，也知道甜甜有过毛病，所以才敢来和肖红说这事。他给肖红保证，虽然家里光景差点儿，但绝不会亏待甜甜。肖红自然心知肚明，老陈找她，绝不是高攀。她自己也觉得这是机会，或者说天意如此。

肖红给甜甜说了许多话，大都是以前从来没有说过的，核心思想就是命，她要甜甜认命，认了命一切就都不那么别扭了，往往还能化险为夷。甜甜很认真地点了点头，说自己知道了。甜甜还说："妈你放心，我会把自己照顾好的。"这表示甜甜把肖红的话听进去了，同意接受这一份无可奈何的命运了。

老陈家虽不像村里大部分人家，都是二三层小洋楼，但砖房里外也是干净整齐，二儿子跟老陈一样，一看就是一个老实人，长得也不算差。甜甜跟着他，肖红觉得应该是放心的。她甚至觉得这是上苍在她历经磨难后，好不容易才施舍的一次怜悯。

婚礼很简单，可以说相当冷清。三桌酒席，二十几个亲朋，便是一个仪式了。肖红走的时候，握住已成人妇的甜甜的手，强忍住眼泪说:"妈有时间就来看你,你自己保重。"甜甜什么也没说,只是一直看着她越走越远,直至消失不见。在回城的车上,肖红的眼泪才落了下来。她觉得自己好像把甜甜遗弃了,以后再也见不到她了。

转眼两年过去了,也就是"小红家政"刚开张时,肖红接到了老陈的电话。电话里,老陈告诉她,甜甜生了一个儿子,她做姥姥了。肖红一时有点蒙。她尚不能把自己同"姥姥"这个词对应起来。她一直觉得这个词离自己还很遥远。这两年期间,甜甜从来没给她打过电话,而她给甜甜打过的电话也屈指可数。想起来,最近的一次电话也是大半年前打的了。每次通电话时,肖红甚至怀疑,电话那头到底是不是她的甜甜,还是别的什么根本不认识的人,或者是她做的一个稀奇古怪的梦。而现在,甜甜竟然当妈妈了,她竟然当姥姥了。她一时真不知道说什么才好。肖红对老陈说,她过些天就去看甜甜,这一阵有点儿忙。

三个多月一晃而过,肖红还是没抽出时间去看甜甜和她刚出生的小外孙。她很清楚这只是借口,逃避甜甜也逃避自己的借口而已。她一遍一遍地告诉自己,等将来生意做大了,就把甜甜还有孩子接到城里来,把本该属于甜甜的生活还给甜甜。至于那一天要多久才能到来,她就不敢保证了。

老陈的电话又来了。这次,老陈不是叫肖红来看外孙的,老陈说:"甜甜又犯病了,而且挺厉害的,整天疑神疑鬼,觉得满世界都是坏人和妖怪,连奶都不给孩子喂,还说孩子是小妖精,要把他扔到房顶上去，再这样下去，迟早要出事的。"肖红说："人送去你们家的时候好好的啊，这两年来也好好的啊，怎么突然就这样了？你们欺负她了是不是？"老陈在那头气得直跳脚，说："天地良心啊，我老陈家从来没干过这种缺德事啊，这是没办法才想着让你带过去缓一缓，好一点儿了再回来就行。"肖红说："我没时间，我忙得很，我实在分身乏术啊。"此后，老陈又打了好几次电话，肖红都没接。接了也没用，她能做些什么呢？把甜甜接过来，跟她一起喝西北风吗？

距离老陈上次打电话已经过去一个多月了，肖红非但没有感到轻松释然，反而变得忐忑不安起来，想着甜甜的病是不是好些了，还是老陈跟他儿子把甜甜怎样了？她不敢想，可又忍不住去想。

如此忐忑不安了好几天，肖红还是拨通了甜甜的电话，可提示停机了。迟疑了半天，肖红只好硬着头皮给老陈打过去。电话刚一通，肖红就给老陈道歉，说她有苦衷，那天话说重了，实在对不起。老陈在那头叹了口气说，理解理解。肖红又问："甜甜最近好些了吗？"老陈说："甜甜被她爸接走了。"肖红说："她爸？她哪儿来的爸？"老陈在那头笑了笑说："看你说的，当然是她亲爸了，就是那个叫王国庆的，还是个大干部呢。"肖红这才在好些年后想起了王国庆这个人。老陈继续说："我没去找他，是他自己找上门的，说他是甜甜她爸，把甜甜交给他尽管放心。然后他就把甜甜接走了，还给我硬塞了好几千块钱，留了电话，让有什么事尽管去找他。他还说，要是你问起来，让你放心，还让你有时间随时回县上看甜甜。喂？喂——？"

肖红坐在她的"小红家政"公司兼家里头，一直愣着神，觉得眼前的世界开始摇晃，变得模糊难辨。好几次，电话响了又响，那是找上门的生意，可她置若罔闻。后来，她回到自己的现实里，然后很认真地想着，自己要不要回到县城去，看看甜甜，也顺便看看离她远去的另一种可能。

李阿姨的退休生活

　　早上刚过六点，李阿姨就起床了。其实，五点多的时候，李阿姨就醒了，只是没起身，就那么干瞪眼躺着，想了无数遍那些没头没绪的事，依然没能想出个所以然来。

　　李阿姨想，自己怎么不能一走了之呢，什么孙女啊儿子啊老头啊都不管了，爱咋样咋样。她有退休金，去哪儿都不愁没饭吃没地儿住，想必过得比现在还要舒服点儿。她真想试一试那种生活，许多次做梦都梦到过那种生活，把她美得呀，简直要笑出声来了。等醒来后，美梦瞬间变成了噩梦，洪水猛兽一般压得她喘不过气来。她觉得活着太痛苦麻烦了。

　　她把这些事跟小区里几个相熟的老姐妹说过，说的时候，甚至红了眼眶，还落了泪。那几个相熟的老姐妹都劝她把心放宽，天大的事都比不得命大，更何况真死了的话，孙女那么小怎么办，她狠得下心？李阿姨当然只是说说，发泄一下而已。儿子和老头她可以不管，可孙女她从儿媳妇月子里带到现在，一步也离不开她，一天到晚"奶奶奶奶"地喊个不停，睡觉必须搂着她才肯睡，怎么舍得下？要是没了她，孙女怎么办？得多可怜。李阿姨不敢想。所以，她不敢死，不能死，也死不了，她得活着，还得好好活着。想到这里，她便觉得这是没有办法的事。

在床上坐着胡思乱想了半个小时后，李阿姨给孙女掖了掖被角，起身去厨房准备早饭。水烧开，她把小米稀饭煮上。另起一锅，馏了几个馒头和包子，还有鸡蛋，又切了点白萝卜丝和红萝卜丝，凉拌了一盘红白双丝，儿子从小喜欢就着馒头吃。洗漱完，把家里也擦抹得差不多，李阿姨听见房间里有了说话声。然后，门开了，儿子和媳妇相跟着走了出来，两个人都伸着懒腰，连连打着哈欠，都是一副蓬头垢面的模样。李阿姨心想，这可真是两口子啊。媳妇抢先一步进了卫生间，儿子被挡在门外，憋着一泡尿，一边弓着腰跺着脚原地转圈圈，一边咚咚咚地砸着门，催着里面"快点快点"。媳妇在里面一点声都没有，儿子着急上火，没多久就骂开了。几分钟之后，卫生间的门终于开了，媳妇姗姗出来时，和憋红了脸的儿子怒目相向。儿子被尿赶着，顾不上持久战，瞪了一眼，觉得还是解决问题要紧。这几乎是每天早上都要上演的戏码。刚开始时，李阿姨还说儿子几句，可说了也白说，还惹得儿子烦她，说她多管闲事，她也就懒得说了。更何况，那两人只是叫嚣几句，从来没发展成激烈冲突，更像是闹着玩。李阿姨甚至想，两人是不是演给自己看呢？但又觉得不像。

三个人正围着桌子吃饭的时候，孙女醒了。这回还好，孙女没闹起床气，一骨碌爬起来，坐在床上，揉完眼睛，挠了挠脑袋，然后呆呆地望着他们吃饭。李阿姨赶紧放下碗筷，过来坐在床边，把孙女抱起来放在腿上，满眼爱意地问道：

"萱萱饿不饿啊？要不要喝点儿奶啊？奶奶给你蒸鸡蛋羹好不好？"

孙女说："好。"

把孙女放回床上，李阿姨从床头柜上，拿了一本已经翻烂了的绘本，塞到孙女手里，让她先自己看，自个麻溜地去厨房打了一个鸡蛋，把鸡蛋羹蒸上后，又冲了半瓶奶粉，让孙女坐在自己的小椅子上，抱着奶瓶喝。李阿姨坐回餐桌旁，重新端起那半碗已经凉了的小米粥，拿起儿子掰剩下的半个馒头，就着菜吃了起来。儿子看了一眼女儿，又看了一眼李阿姨，有些不满地说："萱萱三岁都过了，再有两个月就要上幼儿园了，还天天抱着个奶瓶，饭也不好好吃，像什么话，你就这么好好惯着她吧，小心给惯废了。"

儿媳面无表情地看了儿子一眼，又面无表情地看了李阿姨一眼，什么话也没说，把手里剩下的一小半鸡蛋一口吞进嘴里，转身进了房间。李阿姨本来不想说话，因为跟儿子从来也说不出个什么道理来，可还是没忍住。她不是那种什么都能忍住、什么都能吞进肚里的人，她也不想做那种人。更何况，她认为自己吞忍的已经够多了。当然了，她也不想挑事。于是，她不温不火地说："我也不想让她抱着奶瓶喝啊，可她非得那样喝我有什么办法。不行的话，你们可以自己试试。我老了落伍了，不懂你们那些新式的育儿经了，你们要是不满意就换人，我巴不得立马拍屁股走人呢。"

儿子冷着脸没再说话，三两口吃完饭，一把抓起衣服，摔门而出，整个房子都被震得发抖。每次儿子和媳妇对她不满，而她又不想忍的时候，她就说这样要走的话。这样的话一说，儿子和媳妇就立刻保持沉默。他们当然对她有种种的不满，有生活习惯上的，有育儿方式上的，多了去了。他们也在忍，忍不住了就表达出来，惹得李阿姨不满，威胁着要走后，又都闭了嘴，如此反复。他们当然不肯让李阿姨走，他们自己可带不了孩子，也不知道怎么带孩子，更何况，还得做饭收拾家，杂七杂八的事多着呢，想一想都头大。即便李阿姨只离开两三天，他们俩都乱了套，家里一片狼藉，一遍遍地打电话催李阿姨快点儿回来，语气谦卑得仿佛盼着救星来帮他们脱离苦海。等李阿姨回来了，一切恢复正常了，他们就又开始挑起李阿姨的刺，嫌她这不好那不好，仿佛她的存在给他们带来了数不尽的麻烦，而他们则是一直大度地容忍着，才把眼前的日子过了下来。

给孙女喂完鸡蛋羹，李阿姨见媳妇还没去上班，想着别迟到了，大声提醒道：

"马倩，马倩，马上到点了啊。"

媳妇应声出来说："今天休班。"

"前天不是刚休过吗？"

"别人跟我调了，她过几天有事，我到时再顶她的班。"

说完，媳妇又回了房间，关上了门。

媳妇在矿区医院儿科住院部当护士，是个临时工，每个月只有四天假，工资却连正式工的一半都不到。她干了有六七年了，一直想转正，一直没转成。两万人的煤炭集团，正式工也就一万人多点，每年转正的名额只有一百五十人左右。除了要优先照顾井下岗位，地面上脏苦累的岗位，也是重点照顾对象，等轮到后勤服务部门，就所剩无几了。本来就僧多粥少，一般人想要转正，真是比登天还难。他们努力了几年，最后，他们干脆不想这事了，临时工就临时工吧，不就是挣钱比别人少点儿吗？再说了，儿子在集团下属的设计公司上班，收入比井下的正式工少不了多少，一年下来也有十好几万。一家人比上不足，比下算是绰绰有余。

话虽这样说，李阿姨还是希望媳妇能好好干，继续提升业务能力，为人处世上再圆滑点儿，以后有机会，能干上领导岗位，比如护士长啥的。如果媳妇多看点儿书，再考几个证，能当上医生的话，那就更好了。到那时候，什么临时工正式工的，媳妇有了真本事，到哪儿都不愁没饭吃。可媳妇偏偏是个好吃懒做得过且过的主，在医院不求上进，回到家里也是"懒癌"上身，除了吃饭上厕所，其他时间躺在床上就跟瘫痪了似的。

最近有风声说，集团打算把医院移交给地方，去年已经把水电暖移交过去了。医院之所以拖到了今年，是因为地方上不想全员接收，有自己的小算盘，便一直僵持着。像儿媳妇这种临时工，业务能力一般，又没人没靠的，人家肯定不会要。留在公司统一分流的话，无非就是保安和监控员之类的养老岗位。李阿姨问媳妇："如果医院真移交了，你有啥打算啊？"媳妇不冷不热地说："船到桥头自然直。"李阿姨想，你倒是比谁都淡定，从来都是一副死猪不怕开水烫的架势。如果不是她儿子，还有她这个老妈子在这儿兜底，媳妇哪儿来的底气。

有那么一两次，李阿姨很正式地建议媳妇干脆辞职算了，反正儿子一个人的收入养家足够了，生活也不会差多少。媳妇辞职回来专职带孩子，对孩子也好，她也不用在这儿碍他们眼。可媳妇坚决不同意，说这都什么年代了，看看周围有几个女的专职当家庭主妇的，女人能顶半边天都宣传了好几十年了，她可不想坐在家里伸手朝男人要钱花。李阿姨听了后，笑了笑，没再说什么。李阿姨想，你挣的那点钱，都不够自己花的，朝我儿子伸手要的还少啊。这都不说了，你们两口子，怎么都行。可你顶的半边天，顶得倒轻松潇洒，只是把我囚在这儿累死累活的算怎么回事。李阿姨打心眼里瞧不上这个媳妇，她想不通从小对啥都挑三拣四的儿子，长大后，到了找媳妇的年龄，也不知缺了哪根筋，找了这么一个要个头没个头，要长相没长相，要身材没身材，家里条件一般般，还一身臭毛病的女人。两个人谈朋友那会儿，儿子带回家让他们见过一面后，李阿姨就不同意，老头也不同意。他们一家都是大高个，儿子一米八七，又高又壮，长得白白净净，家里条件还可以，又是独子，不说门当户对吧，起码各方面得过得去才行。可儿子吃了秤砣铁了心，他们再怎么反对也没用。这下可倒好，找了一个外貌一般的也就罢了，还是个娘娘脾气。她老了老了，以为娶了媳妇可以享清福了，不料却当起了老丫鬟。

既然媳妇休班，李阿姨想那就让她带带孩子，自己也出去透透气，到河边的小广场上看看人家跳广场舞，跟着人家动一动，说说话，轻松一阵儿。

起初，李阿姨是很不屑那些跳广场舞的人的，觉得那些老头一个个看起来，脸上总带着那么一股子猥琐劲儿。那些老太太更是浓妆艳抹，一个个打扮得花枝招展，动不动就举个手机搔首弄姿，对着自己拍来拍去，简直就像一群老妖精。李阿姨觉得，人老了就要服老，就该有老人的样子，不然，这世界不就乱套了吗？可这世界在李阿姨眼里，已然乱套了，不管老的小的，都没个样儿。李阿姨自己穿得很朴素，从来不化什么妆，顶多抹点润肤油什么的。不是她买不起那些名牌衣服和化妆品，是她不想，不喜欢。以前，见了那些跳广场舞的人，她从来都是绕着走的，仿佛这些人带着刺，会刺着她。聊得来的那几个老太太，和李阿姨一样，穿得都很素，也都不怎么化妆。她们聚在一起聊的话题，不外乎家长里短，主要是相互诉苦，儿子懒，媳妇更懒，自己一天到晚做饭带孩子收拾家，简直跟个长工似的看不到尽头，也没人体谅。

大家同病相怜，互相倒着肚子里的苦水，也互相安慰鼓励着，给彼此一点儿希望和盼头。天天诉苦，诉得多了，也诉得没了新意，彼此的家事差不多都抖搂完了，小区里的大事小情也都交流得差不多了，李阿姨开始不知道说什么了，常常陷入尴尬。陷入尴尬中的李阿姨，有一天突然想到，她把自己家的这些事抖搂给了她们，她们十有八九又要抖搂给其他人。想必小区里的人，甚至整个矿区的人，差不多都知道她们家的那点儿破事了。这样想了许多天，尴尬了许多天之后，她不仅开始躲着那几个老姐妹，甚至有点儿厌恶她们，觉得她们的嘴可真不牢靠，什么话都敢说，什么人都能说，说了千遍万遍，还是那么兴致高昂。其实，她也明白，最该厌恶的人，就是她自己。如果不是她遇见知己似的，把肚子里的话倒了个干净，就不会有后面这些烦恼和顾虑了。之后，李阿姨就主动向着曾经瞧不上眼的广场舞大爷大妈们的队伍靠拢了。她宽慰自己说，他们虽然看着是挺惹人厌的，可咱也只是跟着锻炼锻炼身体，打发时间而已，聊的要么是广场舞的事，要么是养生的事，可比那些家长里短省心多了。

李阿姨敲了敲房门，没等媳妇应声就把门推开了。果然如她所料，媳妇正挺尸似的躺在床上玩手机呢。李阿姨站在门口说："你没啥事的话看着点儿萱萱，我出去转转，十一点左右回来做饭。"

媳妇一听，猛地站起身说："差点儿忘了，同事和我约好去做头发呢。"

说完，媳妇几下穿好衣服，慌里慌张地往脸上乱抹了一通，急急地出门走了。出门前，她回过头还客气地说，让中午吃饭别等她，她指不定什么时候回来呢。

媳妇刚出门，李阿姨就忍不住飙了一句脏话。孙女懵懂地看着她说："奶奶，你骂谁呢？"

李阿姨看着孙女，叹了口气说："奶奶谁也没骂。"

"你是不是骂妈妈呢？"

"我哪儿敢骂你妈啊，奶奶这是骂自己呢。"

李阿姨想，媳妇编谎都不想着编一个像样的。上周刚染的头发，这周又去做什么头发。她就是不想带孩子，回到家就想躺着。不让她躺，就编一堆可笑的理由往出跑。媳妇可是当了妈的人啊，可哪儿有一点儿当妈的样子，孩子仿佛阑尾似的，从身上割下来就完事了，跟她没多大关系了。平时偶尔想起来了，就把孩子从奶奶手里接过去，抱一抱，亲一亲，逗弄一番，又赶紧交还到奶奶手上。孩子要是哭了闹了病了，媳妇还没照看一会儿，就喊烦说累。李阿姨有时难免困惑，心想："这到底是谁的孩子？是谁把她生下来的？媳妇本该有的母性哪儿去了？"儿子也一样，已经为人夫为人父的人了，一点儿责任感都没有，在家里还是一个孩子样，还是那么任性，想干吗干吗，从来不考虑别人的感受。这孩子仿佛是给她生的，她就该为孩子全权负责，他们只需要偶尔搭把手就行。

李阿姨不由得一阵沮丧，现在的年轻人，不知道都怎么了。看看周围，都是老人把孩子和家里一肩挑，年轻人只需要上班挣钱就行。

李阿姨想起自己年轻时，那会儿她还在黑龙江鸡西，也是在煤矿上班。后来，那边煤挖完了，她才被分流到了千里之外的这个新兴的矿区。那时候，她是充灯工，得上倒班，怀了孕也不例外。她生完孩子，只休息了不到一个月就上班了。双方父母轮流给他们照看了半年孩子，她就自己带了，父母家里也一堆事呢。两个人都上班的时候，就在孩子腰间绑根绳子拴在床上，任他在床上哭喊拉撒，只要不掉下来就行。邻居有空了过去看一眼，大家相互帮衬着，日子也就这么过了下来。她当然也会觉得苦累，可当时就那条件，大家都一个样，只能咬住牙硬挺，没别的办法。好不容易等到孩子大了，自己也熬到退了休，以为终于可以过点儿舒坦日子了，可谁能想到呢！

孙女坐在一辆轻便的儿童三轮车上，李阿姨一只手推着车，一只手提着水壶，肩上还背着一个小背包，里面装了一点小零食，还有挖沙子的工具。婆孙俩就这样出了门，来到了河边的小广场上。

广场上照例很热闹，老太太们一个个穿得跟花蝴蝶似的，老头们也都拾掇得一副干部模样，跟着音乐节奏跳啊扭啊摆啊，一会儿方形站位，一会儿菱形站位，一会儿又变成蛇形开始绕圈，跳得不亦乐乎。李阿姨把孙女从推车上抱下来，放在沙堆旁，从包里取出那一套挖沙子的工具，让她自己挖沙子玩。给相熟的几个人打过招呼后，李阿姨就跟在队伍后头，学着人家的样子跳了起来。尽管跟着跳了有半个月了，可她还是跳得毫无章法，总是跟不上节奏。以前，她看着人家跳似乎挺容易，可自己跳时就不是那么回事了。人家每一步都能踩在点儿上，胳膊啊腿啊腰啊，一个个赛柳条似的软。轮到自己跳时，全身板砖似的硬。李阿姨觉得自己实在不是跳舞的料，即使以前自己瞧不上眼的广场舞，原来也不是谁都能跳的。她人高马大，干活是把好手，可跳舞就如笨鸭子学天鹅。可她又不想就此作罢，还没跳几天呢，就知难而退，心有不甘，也怕别人笑话自己，硬是逼着自己跟着溜。

好不容易跳完了，李阿姨仿佛松绑了似的，长舒了一口气。一个不认识的老太太，应该是这群人里头的一个中心人物，穿得挺得体，现在看都挺漂亮，年轻时一定是一个美人。这位"老美人"让李阿姨不要着急，慢慢来，最好买一套跳舞的衣服，人靠衣服马靠鞍，舞衣一上身，感觉也就来了。李阿姨寻思，是这么个道理，只是不能想象自己穿着一身鲜艳的舞衣，会是一副什么样子，会不会吓着自己。

话还没说几句，那边孙女突然开始带着哭腔喊她了。李阿姨赶紧跑过去，问孙女怎么了，是不是跟哪个小朋友闹别扭了。边上有三四个差不多大的小朋友，聚在一起，堆城堡，过家家，玩得别提有多高兴了。李阿姨没过来之前，孙女一直一个人在闷声不响地玩，玩得终于没意思了，便烦躁起来，喊着让奶奶带她到别处去。李阿姨劝了好一会儿，孙女还是闹着要走，要去找她的那几个伙伴，也就是李阿姨以前出来倒苦水的那几位老太太家的孙子孙女。眼看着孙女就要撒泼打滚，李阿姨知道跟她讲不通道理，只好让她坐上小车，准备推她到别处转转。

没走几步，那位"老美人"跟着几个老姐妹，刚好从李阿姨身边经过。"老美人"停下来说："你推着孙女上哪儿去啊？"

"死活不愿在这儿玩了，带去别处溜达溜达。"

"老美人"蹲下身来，笑靥如花地看着李阿姨的孙女说："这里多好玩啊，有沙堆，可以跟其他小朋友一起玩沙子啊。"

孙女噘着嘴，抱着胳膊，一脸的不悦。

"看看这，人不大，脾气还不小，比她爸还难伺候。"

"孩子有三岁了吧，不能老推着，让她自己下地走，对她也是锻炼，你自己也省心。"

"她不愿意走，走一会儿就喊累，非得让人抱，拿她一点儿办法都没有。"

"老美人"笑了笑，没再说什么，和几个老姐妹先走一步，边走边相互咬着耳朵。几个人先是捂着嘴偷笑，后来干脆放声大笑起来。李阿姨在身后看着她们，不知道她们在说什么悄悄话，又在为什么而发笑，会不会与自己有关？李阿姨觉得不太可能，又觉得不能完全排除这种可能。

李阿姨推着孙女出了小区，来到了一个小公园，走到了一座滑梯处，有很多孩子跑上跑下，相互追逐嬉闹。大人们站在不远处低头盯着手机屏幕，偶尔抬头看一眼孩子。人群里没有李阿姨认识的人，也没有孙女要找的那几个小伙伴。这让她感到一种莫名的轻松之外，也有一丝莫名的失落。她让孙女去玩，自己坐在一旁歇缓一会儿。孙女跑去滑梯那儿站着看了一会儿，又跑去荡秋千那儿站着看了一会儿，最后跑去健身器材那边站着看了一会儿，又跑回到李阿姨身边，拽着她的衣角说："奶奶，你陪我玩。"

"奶奶休息一下，你自己乖乖去玩。你看，这么多小朋友都自己玩呢。"

"可他们不让我玩。"

"谁不让你玩啊，都是自己玩，没有什么让不让的。"

孙女非得拉着李阿姨一起。李阿姨只好陪着孙女来到滑梯跟前，看着她小心翼翼地爬上去，再看着她小心翼翼地滑下来。她在下面接着，仿佛孙女是一件易碎品，而这世界到处充满了危险和坚硬的棱角。玩完了滑梯，孙女又拽着李阿姨来到秋千旁，跟在几个六七岁的孩子后面一起排着队等。孙女嫌队伍排得慢，带着哭腔催着她快点快点，可她没法快。眼看孙女又要躺在地上撒泼打滚时，李阿姨冷下脸说："再这样胡搅蛮缠，就一个人待在这儿，别跟着我。"

孙女被这句话吓住了，不再闹了，可依旧扯着她的衣角晃来晃去。

终于轮到孙女了，李阿姨把她抱着坐上秋千，自己在后面推着晃着。孙女一会儿说太高了怕，一会儿又让她再使点儿劲，足足荡了二十多分钟，还不肯下来。眼看别的孩子渐生不满，一旁的家长也朝这边多看了几眼，李阿姨自己也实在有些累了，便不管不顾地把孙女从秋千上硬拽了下来。孙女没过够瘾，也不听她的道理，歇斯底里地哭喊，惹得大人小孩全朝她俩看。李阿姨拖着孙女走了十来米，实在走不动了，干脆把她放在地上，任她那么躺着哭。

李阿姨头也不回地走出去好一段路，孙女的哭声一下子止住了，哽咽着说她还想玩一会儿健身器材。李阿姨说："不行。"孙女继续哽咽着说："就玩一会儿。"李阿姨还是说不行。孙女不说话了。李阿姨想起车子还没拿，又折身回去把车子推过来，厉声问孙女上不上来。孙女眼泪巴巴地坐了上来。李阿姨狠狠地瞪了孙女一眼说："治不了大的，还不信治不了你了。"

说完，两个人一言不发地回了家。

该准备午饭了，李阿姨不确定儿子和媳妇中午回不回来，便给儿子打电话，儿子说应该不回来。

"那到底回来还是不回来啊？"

"那就不回了。"

说完，儿子带着气挂断了电话。

李阿姨冷笑了一声说："怎么就那么多的气，从来都不会好好说话。"

正在茶几上玩橡皮泥的孙女问："奶奶，你和谁说话呢？"

"我啊，和阎王爷说话呢。"

"阎王爷是谁啊？"

"阎王爷是孙悟空的好朋友，孙悟空你知道吗？就是齐天大圣。"

"我知道我知道，齐天大圣就是石头缝里蹦出来的猴子，可厉害了，谁都打不过他。"

休息了一会儿，李阿姨开始准备午饭，她料定媳妇肯定也是不回来吃饭的。媳妇只要一出去，基本上就能在外面晃荡一天。媳妇即使待在家里，也跟床牢不可分，对其他一切几乎不闻不问。那样媳妇还不如待在外面好，省得挺尸在床上，惹得她心里不爽。

吃了午饭，孙女玩了一会儿，李阿姨把她哄睡着，自己也很快睡着了。

下午两点半左右，要不是被孙女的哭声吵醒，李阿姨还睡着呢。李阿姨猛地坐起来，一时不知道发生了什么，忙问孙女怎么了。李阿姨一把把孙女抱在腿上，拍着安慰着，问她是不是做了什么梦。孙女直摇头。问她想不想吃东西，孙女还是摇头。又问她到底想干什么啊，孙女止住哭声说，她想看奥特曼。李阿姨说那还不简单。于是，李阿姨打开电视，遥控器按了一圈，没有找到奥特曼，只有一个索菲亚公主的动画片。

李阿姨问孙女："没有奥特曼，咱们就看索菲亚公主好不好？"

"不好。"

"奥特曼是男孩子才看的东西，女孩子应该多看看像索菲亚公主之类的。"

"不看。"

"不看的话，就没得看了。"

"手机上有。"

"小孩子看什么手机，小心把眼睛看坏了。"

"奶奶骗人，大人整天看手机，也没见把眼睛看坏。"

李阿姨一时拗不过，只好在手机里找出奥特曼，对孙女说不能超过半个小时。孙女没点头，也没摇头，眼睛紧盯着手机屏幕。半个小时转眼就到了，可孙女拿着手机就是不给，还要再看半个小时。没办法，又让看了半个小时后，孙女还是耍赖皮，仍然抱着手机不给。李阿姨坚决不愿再妥协，问她："给不给？"孙女直摇头，还把手机藏在自己身后。李阿姨又问她："下回还想不想看？"孙女点头。李阿姨说："要是下次还想看的话，马上把手机给我，不然以后想都别想。"

孙女低着头思谋了一会儿，不甘又无奈地还回了手机。

要回了手机，李阿姨带着孙女下了楼，也没走远，就在楼下南边的绿化带里玩，挖土或者摘些野花、野草、树叶、树枝啥的过家家。

刚下楼，李阿姨的电话就响了，是老头打来的。

老头一个人住在六十公里外的康城。孙女没出生之前，李阿姨跟老头都住在康城。现在，她顶多一个多月回去一次，有时两个月也回不了一次。她回去也是收拾收拾家，洗洗老头的衣服、床单、被套那些，像一个老丫鬟。这几年，她，还有媳妇，叫了老头好多次，让他过来矿区住，可老头坚决不来，说他还想多活几年呢。老头和李阿姨一样，也对这个媳妇看不上眼。更重要的是，老头和儿子不对付，一见面就掐，就差真刀真枪地干仗了。老头脾气暴，儿子从小没少挨揍。儿子长大了，自己能养活自己了，便见不得老子了，一句多余的话都不想听他说，更别提住在一起了。老头也一样。于是，一家人就这样两地分居着。

电话里，老头问李阿姨什么时候回来？

李阿姨这才想起，她上次回去，已经是两个月前的事了。

"下周吧，争取下周。"

"还争取，我看你是乐不思蜀了吧？"

"还乐不思蜀，我巴不得早日升天呢。"

"话都让你说尽了。"

"由得了我吗？"

"这都叫什么事啊！"

"等萱萱上了幼儿园，三顿都在幼儿园吃，也不影响他们上班，我就不在这儿待了，让他们自己带吧。"

"但愿吧。"

六点多，李阿姨刚做好晚饭，儿子和媳妇就一起回来了。

儿子从小跟她最亲，也说不清从什么时候开始，有了说不出的生分。尤其儿子结了婚后，母子之间的亲密不仅彻底消失了，她甚至感觉自己成了儿子处处在防备着的人。儿子有什么事，从来不跟她商量。儿子有什么话，她也是最后一个知道的。

吃饭的时候，李阿姨特意朝媳妇的脑袋上看了几眼，没看出和早上出门时有什么区别。吃完了饭，儿子和媳妇就进了屋。李阿姨洗刷完出来，给孙女打开电视，电视上正好有奥特曼，尽管已经看了好多次了，可孙女还是看得津津有味。李阿姨坐在一旁的小板凳上，缝补一只破了洞的袜子。突然，房间传来一阵吵架声。门板很薄，两个人嗓门又大，听得很清楚。

"你别跟我说。"

"那我跟谁说？"

"你跟我妈去说。"

"你自己怎么不去说？"

"是你自己要生的啊？关我什么事。"

"那是你妈啊。"

"别扯没用的。"

"什么叫有用？"

"有用就是,你想生二胎,就去找我妈商量。她要愿意给你带,你就生,生多少个我都没意见,知道了吗？明白了吗？"

媳妇没再说话，房间里静悄悄的，好长时间没有一点声音。

李阿姨一手拿着针，一手拿着袜子，一直愣着。

过了一会儿，房间的门开了，媳妇出来了，带着僵硬的笑容，坐在李阿姨旁边的沙发上，欲言又止地说："妈，我想跟您商量点事……"

枪声回荡

还没进腊月，村里已经零星响起类似炮仗的声音。猛的一声巨响，惊得全村人都跟着心颤。尤其是女人们，正做着针线活，突然惊雷似的一声响，吓得魂几乎出了窍，手里的针线跟着掉在了地上。

这当然不是炮仗声，炮仗少有这么响的，也不可能让村里许多人忧虑不安。再大的炮仗声，都是带着喜庆的。即使冷不丁被吓到的人，很快也会跟着欢喜起来，还巴望着那炮仗声更响一些呢。

"这是啥声音？这么骇人！"村北头的人堆里，有个过门刚一年还没有生养的年轻媳妇面带疑虑问道。

"啥声？枪声！"一个吧嗒着纸烟的老汉撇着嘴说道。

可枪早被禁了啊，怎么会有枪声呢？可这不是枪声是啥，除了枪声再不会是别的了。于是，人群大呼小叫起来，仿佛那一声震耳欲聋的枪声，不是响在别处，而是炸裂在他们屁股底下。

这时，正在上小学六年级的刘大年，怀揣着好不容易寻见的一截 L 形木头，从这一堆人面前走过。听见了他们的话，刘大年不由得加快了脚步。他双手揣在衣兜里，从两旁揽着怀里寻了好久才得来的木头，生怕掉出去让人知晓他捂了很久的秘密。现在，这个秘密连同这块他揣着的木头，就像他怀着的一个娃，月份到了，随时都有生产的可能。他可不想把自己的"娃"早产在众人面前，那样的话，这个捂了很久的秘密，十有八九就要夭折了。

"大年你弄啥去啊？"刘大年听见有人在问他。问话的人是小婶子。小婶子穿着一件红底绿花的棉袄坐在人堆里，筒着手晒暖暖，正伸着细长的脖子看他。刘大年收了收肚子说："我去来娃家耍去啊。"小婶子乜了刘大年一眼说："你可不敢跟那些混子学着捣鼓枪，出了事可就麻达了。"刘大年吸溜一下鼻子，本能地从衣兜里抽出右手，想抬起胳膊用袖筒抹一把时，又猛地把手揣回了衣兜里，任凭清鼻涕蚯蚓似的蜿蜒到嘴边。刘大年嘿嘿一笑说："我知道了。"说完，他大步流星地朝村南头走了。一路上，刘大年的心脏突突突跳个不停，久久不能平静。刚才小婶子和他说话的时候，他的心脏，还有怀里揣着的秘密，差点儿就挣脱他的身体，碎裂在众人面前。

刘大年怀揣的这截木头，是他寻了七八天，才在村西的洋槐树林里头寻见的。在此之前，他已经把村里村外都转遍了。每家房前屋后的树，村里村外大大小小的树林子，他都仰着脖转着圈仔细看过了，一无所获。要么太粗，要么太细，要么太高够不着，要么弧度差一点。他只好掉转头，重新搜寻一遍，比上次更认真仔细。没多久，他就在洋槐树林里寻见了。这截树杈几乎跟他想象的一样完美，粗细和弧度刚刚好，握在手里轻重也刚刚好，一切就像冥冥之中注定的一样。白天寻好认准，等到晚上，刘大年趁黑拿着砍刀把那截木头砍下来，拿回家越看越喜欢，认定这截木头比其他人的都要好，做出来肯定是一把枪中之王。躺在炕上的刘大年，迫不及待地想给伙伴们展示，让他们知道他拥有枪的日子不远了。

在他们要得好的四五个人里头，就来娃一个人有枪。

来娃的枪是求了他姐夫很久，他姐夫才偷偷给他做的。刘大年他们几个就求来娃再去求求他姐夫，求他姐夫也偷偷给他们几个做上几把。可来娃说啥都不答应，把他叫爷都不为所动。来娃说为这一把枪，他姐把他姐夫脸上抓出了几道血印子，他爸他妈好长时间不给他姐夫好脸看，他姐夫几次三番想把枪从他手里要回去呢。这枪他还不知道能耍几天，还再做几把？想都别想，做梦都别想。

他们只好另想办法，想了好久好久，都没想出好办法来。他们缺钱，有钱就能买来无缝钢管，就能买来大链条还有细钢丝，然后，让街道五金铺的"拐练练"把这些东西焊在一起，固定在木头做成的枪托上，一把真正的枪就诞生了。可他们没有那么多钱，即使有钱，也不知道去哪儿买无缝钢管。即使都买齐了，他们也不敢去街道寻"拐练练"给他们焊。"拐练练"的脸被火烧过，一点不像个人脸，又瘸着一条腿，对谁都一副凶神恶煞的样子，生起气来，那张脸就更吓人了。平日里，他们隔着老远，看"拐练练"焊那些大大小小的东西，看焊条上的火星子隔着遮光罩在远处闪烁蹦跳。等"拐练练"停下手里的活，抬头望向他们时，他们一个个吓得尖叫着一股烟跑得没了踪影。

可刘大年觉得自己有他们没有的优势。这优势就是他们一个个被大人管得太严了，干啥都得看大人的脸色。他们正在外面要着呢，听见大人一喊，就得赶紧往回跑，生怕迟回去一秒钟挨踹。刘大年就不一样了，他六岁就没了父亲，九岁母亲改嫁，那之后，他就跟着年迈的祖母过活。祖母无力管他，只是一门心思烧香拜佛，任由他跟野草一样野蛮生长，只要饿不死就行。刘大年敢玩别人不敢玩的危险游戏，敢去别人不敢去的地方，在村里大小算是一个娃娃头。大人们可不想自己的孩子跟在刘大年这个危险分子后面当尾巴，出了事连个负责的人都寻不着。如果刘大年想做枪，不要说管了，问的人都不会有一个。至于小婶子刚才那一问，只是在众人面前假装关心他罢了。即使他闯出天大的祸来，她也不会觉得有什么的。

刘大年刚走进来娃家，就看见大龙站在屋檐下的台阶上，举着来娃的钢管枪，顶在刚子的脑门上，两个人嬉皮笑脸的，没个正形。此时的来娃，正在窑门前拿着笤帚扫地。刘大年进了大门，跟来娃打了声招呼。来娃抬起头正准备朝刘大年说话时，那张笑脸忽然变得惊恐扭曲起来，随即发出歇斯底里的吼叫。与此同时，大龙笑着扣动了扳机，而刚子则做出一副视死如归的怪相。

枪没有响。他们倒是被来娃让狼撵了一样的吼叫吓得不轻，莫名其妙地一齐看向他，仿佛他被鬼附了身。来娃满头大汗，像是顶着日头爬了一次很高的山。来娃惨白着脸，一言不发地疾步过来，一把从大龙手里夺过钢管枪，走到院当间那棵粗壮的泡桐树跟前，重新拉上枪栓，站定后，双手紧握枪把，皱着眉，眯着眼，食指一扣，巨大的声响震天动地，火药夹杂着铁砂子喷涌而出，树皮瞬时被揭掉了一大片，无数的铁砂子深深嵌入树身之中，绿色的血液一点一点地流了出来，空气中到处弥漫着火药味和树汁味。栖在院当间枣树上的一大群麻雀被惊得不知踪影，院子里原本悠闲踱步的几只鸡被吓得跳墙而逃。

来娃他妈从地坑窑里小跑出来，一脸惊愕地朝他们吼道："你们不得了了，你们就不能干点儿人事？你们是准备出去杀人啊？"这时的来娃，露出了诡异的笑容。刘大年、大龙还有刚子，三个人愣在原地，盯着那棵被摧毁了一大片树皮的泡桐树，一个劲儿地咽着唾沫，久久说不出一句话来。

刘大年知道来娃生气了。自从来娃有了钢管枪，他们就成天往来娃家跑，让来娃给他们打枪玩。来娃有时会给他们打，有时对他们的要求置之不理。偶尔，来娃也会让他们打一枪过过瘾。当然，这样的机会并不多。不过，他们完全可以理解，这毕竟是正儿八经的真枪，可不是闹着玩的。来娃家院子里的几棵树，已经枪痕累累。来娃他妈已经为此咆哮过好几回了，就连一向好脾气的来娃他爸，也几次三番脸色凝重地警告过他们。每次被吼过警告过后，来娃就觉得他的钢管枪快保不住了，一连好几天忧心忡忡，对他们爱搭不理。这次，别说来娃，连刘大年也觉得来娃的钢管枪凶多吉少了。

刘大年被吓得不轻，却又一次真切地感受到了那种无以言说的刺激。刘大年没有把怀里揣着的那截木头拿出来给他们看。他甚至带着一种卑鄙的窃喜想，要是来娃的枪被没收了，那么他的枪不就成了唯一的吗？尽管他的所谓"枪"，现在还只是一截木头，离真正的枪还差得很远。

刘大年第一次见到枪是他五岁的时候。他们刚搬到新家，邻居恰好是清水村唯一的猎人，猎人自然是不能没有猎枪的。猎枪就挂在猎人家的房梁上，虽然枪托斑驳不堪，背带也磨得起了毛，就连枪管看起来也显得暗淡无光，但那毕竟是一把真正的枪。

那时，村子周围时不时还能看到灰白色的狼粪。尽管没人亲眼看到过狼，但每个人都确信，狼没有从他们的生活中消失，它们一直藏在不远处，注视着村里人的一举一动。至于它们为什么一直按兵不动，人们猜测狡猾凶残的它们，可能在策划着更大的秘密，这个秘密关系到村子的旦夕祸福。于是，时不时地，黑瘦的猎人便背着枪来到村外各处，朝着没人的地方放几枪，以此来震慑那些尚未被人类驯服过的动物，让它们知难而退，退出人们的生活，也退出人们的梦境。后来，灰白色的狼粪再也没有出现过，人们的忧惧也跟着烟消云散。

那把猎枪只在冬天闲下来时才会派上用场。这时的猎人，不再像平日里那样爱说爱笑，变得冷峻严肃起来，也才真正像个猎人了。雪后初晴，猎人背着他的猎枪，带着黄狗，走向村外。枪声从村外传来，在村子上空回荡的时候，村里人就知道猎人有了收获。傍晚时分，猎人回村的时候，扛在肩上的枪杆上，挂着野兔或野鸡，偶尔也能猎到大雁，甚至獾。

晚上，一墙之隔的猎人家飘来肉香味，让刘大年垂涎不已，最垂涎的还是那杆猎枪。他常想，自己要是猎人的儿子就好了，那样的话，等他长大后，猎人就会把枪交到自己手上，而他就会成为真正的猎人，用手里的猎枪跟这个世界对话。可惜他的父亲不是猎人，而且很早就从他的生活中消失了。没几年，猎枪也从猎人的生活中彻底消失了。禁枪时代到来了，猎枪被没收了。没有了猎枪的猎人，在种地的同时，成了村里的兼职电工。每当刘大年看着昔日的猎人穿着脚镫子，在电线杆子上爬上爬下的时候，就觉得滑稽和可悲，觉得整个世界简直荒谬到无可救药。

十岁那年，枪又一次出现在了刘大年的生活中。

那年初秋，村里许多人私底下都在说，县城北边的国道上，出了个"双枪刘老二"，神出鬼没，已经劫了好几辆小汽车了。他们说，这个"双枪刘老二"，就是村里刘长生家的老二刘二奇。刘二奇跟刘大年是未出五服的族亲，红白喜事都在一起过。刘二奇人高马大，模样俊，能说会道，还会点儿拳脚，走到哪儿都是焦点。尤其是在他们这些孩子眼里，刘二奇差不多就是英雄。刘二奇不但从来不烦他们，任他们跟在屁股后头老大长老大短地叫个没完，还常常逗弄他们几下，跟他们打成一片。

那时的刘大年常常想，将来即使当不了大人物，当一个像刘二奇那样的人也不错，没人敢惹，自在逍遥，还会两下子，简直就跟电视里的侠士一个样。后来，刘二奇结婚了，娶的媳妇漂亮极了。刘大年心里就想，将来要是能娶一个像刘二奇的媳妇那样漂亮的媳妇就好了。再后来，刘二奇顶了他爸的班，去县机械厂当了工人，挣上了工资。刘大年心里就想，将来要是跟刘二奇一样，能当上工人，挣上工资就好了。再后来，机械厂倒闭了，刘二奇去省城闯荡去了，每次回来都拎的大包小包，穿的跟干部一样，听说当了老板。刘大年心里想，将来要是跟刘二奇一样，能在省城当一个老板就好了。再后来，刘二奇就不知道干啥去了，好长时间没回清水村。然后，刘二奇就成了村里人口中的"双枪刘老二"。刘大年想象着刘二奇拿着两把枪的样子，无论怎么想象，那都是一副威风又潇洒的样子。猎人的猎枪被没收后，深埋在刘大年心里的枪，就这样又一次浮出了水面，且光可鉴人，带着不容置疑的凛冽之气。只是这一回，刘大年不知道该不该成为刘二奇那样的人了，他有点儿拿不准。尤其是当刘二奇被逮捕法办，判了十几年，媳妇跟他离了婚之后，刘大年就更困惑了。

刘二奇是被公开审判的，地点就在中学对面的老戏院里。

那是刘大年第一次参加审判大会，也是最后一次。刘大年他们这些小学生，被学校组织来当观众。刘大年是这些观众当中最兴奋的一个。他一点儿都坐不住，不停地跟前后左右的人说，一会儿我家奇哥上台啊，就是那个传说中的"双枪刘老二"，练过武功，一个能撂倒一片。如果不是后来老师在他脑门上给了一巴掌，刘大年想必还会带着兴奋和骄傲滔滔不绝地说下去。

刘二奇终于被押出来了，跟其他犯人在台中央站成一排，一直弯着腰，且越弯越低，身体简直快要卷成一个球。原先翘首以盼的刘大年，后来一直把头低着，甚至夹到了裤裆里；原先一直滔滔不绝的刘大年，后来一直沉默着，甚至后悔自己长了一张嘴。

审判大会结束之后，刘大年笃定刘二奇之所以变得又小又轻，是因为他没有了"双枪"。"双枪"增加了刘二奇的重量，并升华了他的人生。就像猎人没有了猎枪，不只是当不成猎人这么简单。即便当回农民，他也是一个比其他人更卑微的农民。这就如同孙猴子得到了金箍棒，变成了齐天大圣。如果没有金箍棒，孙猴子说不定猴子王也当不长久，更别提当什么齐天大圣。至于刘二奇的人生为啥没有继续升华，刘大年认真地想了很久，认为这是他没遇到高人指点，或者说他自己定力不够，在错误的道路上越走越远。如果他刘大年拥有"双枪"的话，哪怕拥有一把枪的话，他肯定会倍加珍惜的，人生肯定会升华了再升华，让整个清水村的人对他刮目相看。

刘大年对枪的渴望更强烈了。

其实，拥有枪的渴望，像坚硬的种子一样，从三四岁开始，就埋在了刘大年的心里。现在，这颗种子冒出了芽，嫩芽的顶端，像蝴蝶的翅膀一样缓缓打开，越长越高，越长越大，枝叶葳蕤。

刘大年最早拥有的是一把木头枪，准确地说，是一把木头手枪。那是他父亲活着时，根据电视里八路军腰里别的手枪样子，找村里的木匠给他做的。一群鼻涕娃玩打日本鬼子的游戏，手里拿着木头手枪，瞄准"敌人"，嘴里"啪啪啪"地配合着。最开始他当然是兴奋的，时间长了，不但嘴里"啪啪啪"得口干舌燥，也知道木枪始终是木枪，谁也吓不住，更是谁也打不死的，便觉得没了意思。再后来的火柴链条枪，是刘大年的小叔给他的。小叔那时还没成家，像一个大孩子。刚出去打工那年过年回来，小叔给自己做了一把火柴链条枪，一根火柴从枪头倒插进去，拉上枪栓一扣，啪的一声脆响，挺像那么回事，有时也能吓人一跳。刘大年就缠着小叔，也想要一把火柴链条枪。小叔没给他做，过完年进城前，小叔把自己的那把给了刘大年。这份迟来的新年礼物，把刘大年高兴坏了。他每天装着一盒火柴，拿着他的枪，走到哪儿打到哪儿，瞄准天打，瞄准地打，瞄准树打，瞄准猪打，瞄准鸟打，也瞄准人打。可不管他瞄准啥，都伤不到对方分毫。大家都知道，这火柴链条枪虽然有响声，但终究是一个玩具罢了。钢管枪就不一样了。无缝钢管当枪管，L形的树杈打磨成枪托，加上粗铁丝和摩托车上的大链条，焊接固定在一起，这可不是装样子玩的东西，是能开火、能发出巨响、能打死人的真家伙。当然了，谁也不可能朝人打，谁也没那么傻，谁都知道打死人要偿命的道理。但可以朝树打，朝鸟打。朝树来一下，一声巨响，一大片树皮就没有了，裸露出来的树干跟人的骨渣子一样惨白醒目。朝树上的麻雀来一下，麻雀就像树叶一样纷纷落下。

其实，十二岁的刘大年之所以下定决心做一把真枪，还和"六指"有关。

"六指"的右手大拇指上长着一根小拇指大小的指头，从娘胎里生下来就这样，所以清水村的人从小就叫他"六指"，一直叫得他结了婚成了家当了爸，还在叫。他也依然笑着应着。"六指"家里穷得叮当响，从小给人放羊，从小羊倌放到大羊倌。刚开始，"六指"放的一大群羊之中，没有一只是他自己的，只是到了年底，人家给他几只羊羔子作为报酬。等到他二十来岁结婚时，他放的一大群羊之中，却没有一只是别人家的了，全都是他自己的。"六指"翻身了，日子好过了。

就在人们以为"六指"有了家，过得像个人的时候，"六指"突然开始不干人事了。"六指"不但开始偷鸡摸狗，甚至开始翻姑娘、寡妇家的墙，扒人家的窗户了。按理说，"六指"家啥都不缺，他媳妇甚至称得上漂亮，可他偏要出去偷偷摸摸搞事情，实在让人无法想通。

"六指"暗地里不干人事，引起了公愤，个个背过身去问候"六指"的祖宗，可明面上见了"六指"，人人还是一张笑脸。他们都怕"六指"。"六指"虽然是一个"矮倭瓜"，却一身腱子肉，二百斤的麻袋扛起来就走。"六指"的狐朋狗友也多,村上和街道上的那些闲人混子,个个都跟"六指"称兄道弟,隔三岔五就聚在食堂里吃肉喝酒。因此,一村人敢怒不敢言。

如果"六指"不翻刘大年家的墙,不扒刘大年家的窗户,刘大年是不会理会"六指"的。可"六指"偏偏在漆黑的深夜,扒上了刘大年家的窗户,压着嗓子让刘大年的母亲给他快点开门。刘大年的母亲刚开始吓得不敢说话,后来颤着声让"六指"滚,否则她就喊人了。"六指"当然不肯轻易滚,他扒住窗户,捏着嗓子,一个劲儿地让刘大年的母亲给他开门。刘大年的母亲小心翼翼地爬起来,紧握住靠在炕沿上的烧火棍,咬牙切齿地让"六指"滚,说他找错了地方找错了人,再纠缠她就豁出去跟狼不吃的拼命啊。如此几次三番,"六指"心有不甘地走了,也可能是没劲继续扒在窗户上了。

第二天晚上,"六指"又来了。"六指"显得很有耐心,一副不急不躁的样子,一遍一遍重复昨天晚上他的话。反而是刘大年的母亲,越来越沉不住气了,不论是声音还是身体,都颤得越来越厉害了。

刘大年向来睡得很死,摇都很难使他醒过来。可那一晚,他不知道怎么就醒了。一醒来,他就听到了"六指"魔鬼一样的声音,然后清晰地感受到了母亲的恐惧和无助。

假装睡着了的刘大年,心底燃起了一团火,这团火越燃越旺,他快要压不住了,快要从他单薄的身体里烧到外面来了。刘大年想象着身体里的这团大火，一下子蹿出来，蹿到窗户上，蹿到"六指"身上去，把这个魔鬼一样的东西烧得生不如死，烧成灰烬，被风吹得干干净净，就像他从来没来过这世上——他也不配来这世上。可年少的刘大年吃不准，如果他压着的这团火烧到外面来，是独独烧死"六指"呢，还是连他和母亲一并烧死了呢？又或者，这火不但没烧死"六指"，反而只是让他们母子俩葬身火海？他一时不能确定，便摇摆起来，也痛恨起自己的懦弱无能，眼睁睁看着母亲在绝望里越陷越深，他却想不出一点办法，他觉得自己实在太窝囊了。

这个时候，刘大年突然就想到了枪。如果他有一把真正的枪的话，一切问题都解决了。枪声一响，这个世界上就不再有什么"六指"，母亲的绝望就会被击得粉碎，他自己的懦弱也就彻底被击碎了，他们又是好好的一家人了。可他没有枪，也不知道去哪儿弄一把枪。枪离他的世界太遥远了，那是另一个世界的东西。没有枪，他们母子就要一直生活在"六指"的魔爪之下。总有一天，"六指"会把他们攥在手心里，吞进肚腹里。或许那一天不会太远了。

刘大年不想坐以待毙，他的母亲也不想。无计可施的时候，母亲叫来了邻居家的小莲晚上来家里做伴。小莲来了之后，"六指"再没有出现过。小莲在刘大年眼里，就像一尊菩萨，菩萨来了，"六指"这样的妖魔鬼怪，即使再嚣张再厉害，也得溜之大吉。可刘大年心里明白，小莲不可能永远住在他们家，永远做他们的菩萨。

刘大年的母亲心里更明白，谁也不能永远保护他们孤儿寡母，即使没有"六指"，还会有别的妖魔鬼怪让她不得安宁。隔年春天，在别人的说合下，刘大年的母亲改嫁到了县城附近的一个村里，彻底逃离了清水村。

虽然母亲每隔几个月就会回来看望刘大年，给他买点东西塞点钱，可刘大年还是觉得自己被遗弃了。刘大年不怨母亲，他知道母亲不容易，没带走他也是没办法，何况他也不想离开清水村。刘大年觉得这一切的根源都在"六指"。如果不是"六指"，母亲就不会改嫁，他就不会没了爹又没了娘，成为村人眼里的"野孩子"。

母亲离开后，刘大年就想着复仇，可一直没有机会。他太小了，也太瘦了，一副弱不禁风的枯柴样，跟"六指"完全不是一个级别的。更何况，"六指"还有那么多狐朋狗友。整个清水村的人都拿"六指"没办法，他小小的刘大年能怎样呢？他只能忍着。

过了一年又一年，刘大年以为报仇无望了，郁郁寡欢。直到这年冬天，清水村以及周围的许多村，突然开始流行做钢管枪了。枪声让许多人担惊受怕，也让许多人心潮澎湃，刘大年就是其中之一。响彻天地间的枪声，让刘大年感受到了一种难以言喻的喜悦。他觉得这枪声像一种召唤，让他欲罢不能。可许多人都有枪了，那些不该有枪的都有了枪了，眼看着要放寒假，到了年跟前了，他的枪还只是想象中的一张饼。

这些天，刘大年走路想的是枪，上课想的是枪，睡梦里梦见的还是枪。刘大年听见枪声此起彼伏地在他耳畔响起，像一种诱惑，又像是一种挑衅。刘大年听见谁谁谁也做了一把枪，谁谁谁的枪马上就要做好了。关于枪的消息接踵而至，却都和刘大年无关，折磨得他日夜难安。

那是在上体育课的时候，刘大年突然有点肚子疼，只好提前一个人回到了教室，趴在桌子上休息。他刚趴下，就瞥见前排的桌兜里，有什么东西在书包里闪出一丝寒光。这突如其来的一丝寒光，像是一个挤眉弄眼的女人一样把他吸引过去。他朝前探出半个身子，战战兢兢地把那个闪着寒光的东西取了出来。那是一截无缝钢管，肯定也是准备做枪用的。刘大年也缺钢管呢。这不是缘分是什么？这就是天注定的，你不能拒绝，也无法拒绝。更何况，这对刘大年而言，也可能是最后的机会了。

隔了一节课，前排的男生发现书包里藏着的钢管不见了。他当然气坏了，开始了漫长的谩骂与诅咒，唾沫星子在教室乱飞，前所未有的脏话从他嘴里喷涌而出，淹没了整个教室。刘大年先是把头低了又低，后又挺着一张笑脸东张西望。再后来，他想起自己的肚子疼，又赶紧捂住肚子，做痛苦状，对世上的其他事情一概不闻不问。

钢管和枪托有了，链条和粗铁丝容易找，让"拐练练"把它们焊接在一起，刘大年就拥有一把真正的枪了。可刘大年没胆去找"拐练练"，也没钱去找。这时，刘大年想到村南头他认识的一个人。那个人跟他父亲关系不错。刘大年的父亲去世后，那个人是为数不多的几个见了他，仍然表现得很亲热的人之一。刘大年便找了个机会，悄悄地把所有的东西托付给他，让他帮忙去找"拐练练"焊一下。那个人笑着拍着胸脯对刘大年说："没问题。"

那之后，刘大年每次见了那个人，他都说："枪马上做好了，等做好后我就拿给你。"再后来，他见了刘大年，只是打哈哈，绝口不提枪的事情。刘大年不笨，马上就明白了。他的枪已经被那个人吃进肚里去了，再也回不来了。刘大年沮丧极了。他离一把自己的枪如此之近，可一转眼就永远地失去了。刘大年甚至怀疑，那个人十有八九是"六指"的同伙，提前洞悉了他的复仇计划，装作好人截走了他的材料，使他的计划胎死腹中。

正当刘大年沉浸在沮丧中不能自拔的时候，枪声又一次响了，且响在了"六指"家的后墙外。

原来，"六指"的儿子，也一直心心念念要做一把钢管枪。他缠着"六指"要，"六指"能允诺给他儿子把月亮摘下来，但不会给自己儿子做一把真正的枪。儿子缠得多了，"六指"不但没给儿子做枪，反而给了他几个巴掌。这几巴掌让儿子消停了，却没有让他内心做枪的愿望就此熄灭。"六指"的儿子跟他爹一样，相信有钱能使鬼推磨。他用自己攒的钱，跟好几个人谈了做枪的事情，或者说交易。没有一个人不为他的那笔钱心动的，可也没有一个人不害怕"六指"。他们一个个举棋不定。最后，做枪的事被"六指"刚从初中退学在家闲晃荡的小舅子应承了下来。

"六指"的小舅子当然知道他姐夫的脾气，也怕他这个姐夫，但不像别人那么怕。"六指"的小舅子和小外甥说好了，做枪可以，但每次必须在他的监督陪同下使用,确保万无一失。毕竟,"六指"的儿子只有七岁。再说,枪这玩意儿不是别的,出了事,后悔都来不及了。

可千小心万小心,还是出事了。"六指"的小舅子一个没注意,小外甥猛着劲朝枪管里倒火药和铁砂子,倒得比平时多一倍。枪响后,那声音和威力也比平日大一倍,直接把"六指"的儿子挫倒在了地上,枪管被震出了一道缝。"六指"的儿子当时就啥也听不见了,后来经过治疗,算是恢复了部分听力,只是大不如前了,得大声喊着他才能听得见。

那之后,"六指"的小舅子再也没有在清水村出现过。

对于"六指"儿子的遭遇,刘大年说不上高兴或者不高兴,他甚至有一点困惑。他想,如果他有了一把枪,他会用来干什么呢?准确地说,他要用枪把"六指"怎么样呢?这一问,他突然无法回答自己了。

过了腊月二十,离年越近,炮仗声和枪声越彼此纠缠,难舍难分,简直就像是在比赛,或者狂欢。腊月二十三这一天,是清水村杀年猪的日子。整个清水村的猪的劫难来了,它们歇斯底里地狂叫不止,直到被刀捅进了脖子,在血泊中停止了挣扎。妇女们接来猪血,和上面粉,做成血条面,加上杀猪菜,大人小孩,一个个吃得欢天喜地。女人们劲头十足地洗刷着,男人们天上地下国内国外地吹着牛。小孩们你追我赶,把吹大扎紧的猪尿脬从村南踢到村北。

刘大年看着清水村处处洋溢着喜庆的气氛，跑到来娃家，央求来娃放一枪。来娃已经好久没放过枪了，至少刘大年好久没见过了。问他，他总说放不成，时候不对。这次，刘大年缠着他不放，说眼看着过年了，今天无论如何都要放上一枪，就当提前过年了。来娃被逼得没办法，最后气呼呼地说："放个屁枪，枪早都被我妈扔到灶火里头烧成灰了。"

从来娃气呼呼的神情里，刘大年相信来娃没有骗他。

与此同时，在十几里外的另一个村里，枪声也响了，却没有射向天空，没有射向树，也没有射向麻雀，而是射向了一个六岁的男娃。那是上高中的大男孩帮邻居家的小男孩试枪的时候，不小心走了火，一旁看热闹的小男孩被当场打死。其状之惨，难以形容。

很快，警察便开始在整个县城挨家挨户搜查钢管枪。警车响着警笛挨村排查，那阵势是许多人这辈子都未曾见过的。绝大部分人都把枪主动上缴了，那些被不知轻重的后生藏起来的枪，最后还是被挖地三尺找到了，没有一条漏网之鱼。

枪彻底消失了，连同炸裂后缭绕的回声，从现实中，从梦境里，消失得无影无踪，连同人们的忧惧和遐想。

刘大年每次去来娃家，看到泡桐树上的那块大伤疤时，尽管它已经变黑，火药和树汁味早已散尽，可他还是感到一丝隐隐的疼，有时会让他想到母亲。那疼，是被树喊出来的，只有他一个人听到了。

好爸爸坏爸爸

李小民觉得他体内的火山即将又一次喷发了。

这时的李小米站在门口，捧着一本英语小册子，眼泪顺着眼角滑落到脸蛋上，再由脸蛋滑落到衣服上，却始终没有哭出声来。她明白，如果自己哭出声来的话，势必会引爆坐在沙发上的那座"活火山"。

李小米从幼儿园回来后，高高兴兴地吃了一小袋坚果、两小包饼干，还喝了一包有机牛奶，然后洗了手，漱了口，坐在小垫子上开始玩她的娃娃。半个小时后，李小民叫李小米过来学英语。从这个学期开始，每天放学后，李小民都会教她一会儿英语。书是一套原版的英文启蒙书，总共三十三册，分三个阶段，李小米现在读的是第一阶段。书很薄，不到二十页，每页的内容很简单，只有一两句话。每天读一本，每本连着读一周，然后再换另一本。李小民觉得这个计划很适合像李小米这样只知道吃喝玩睡，其他什么事情都不放在心上的小孩子。他认为计划再好，不坚决贯彻执行的话，都是白搭。

　　时间一到，李小民对李小米说："该学英语了。"李小米便乖乖地放下手中的玩具，起身来到沙发上，挨着李小民坐下，带着讨好的笑容说："爸爸，今天你尽量不要对我生气好不好？昨晚睡觉前，你不是给我说过永远不对我生气了吗？你不是说要当一个好爸爸吗？"李小民说："爸爸也不想对你生气，可你也要认真一点啊。"李小米点了点头，然后，他们便开始学起了英语。没过一会儿，李小民就吼开了。原因和以前一样，他认为某一句再简单不过的句子，已经教过许多遍了，李小米应该明白的，可她就是不明白。李小民这时还只是生气，没有爆发。于是，他忍住又教了李小米一遍，教她每个单词，又教她整个句子——很短的句子，只不过三四个单词——很简单的单词。然后，他问李小米："记住了没有？"李小米怯怯地说："记住了。"过了可能都不到一分钟吧，当李小民再问她刚才那个句子的意思时，李小米要么抠手挠头，要么张冠李戴。李小民拉着脸，厉声让李小米好好动脑子想一想，可她死活就是想不出来。李小民给她提示了又提示，就差把答案直接说出来了，可李小米依然想不出来。就这样，李小民的声音越来越尖锐，后来，便如火山一样又一次喷发了。李小米又一次被吓得惊恐不已，小心翼翼地流着眼泪。此时，李小米眼中的李小民又一次变成了巨大的怪兽，张着血盆大口，朝着自己嘶吼不已，似乎下一秒钟就会把她一口吞掉。李小米常常为此困惑不已，觉得自己好像有两个爸爸，一个温柔的爱自己的爸爸，一个可怕的火山一样的怪兽爸爸。她不明白爸爸为什么会变来变去。她不明白的事情还有好多。现在，她的脑子里一片空白，听不见一点声音，世界离她越来越远，自己像是飞到了另外一个时空。

事实上，昨天同样的时间，同样的原因，李小民就对李小米发过火。

昨晚睡觉前，李小民躺在李小米的身边，把她的小手攥在自己的大手里，满心愧疚地对李小米说了好几句对不起，说他不应该当一个坏爸爸。李小米用胳膊揽住李小民的脖子，亲了李小民一口说："没关系。"

其实，前天也是同样的时间，同样的原因，李小民也对李小米发过火。

前天，李小民不但对李小米发了火，还揍了她。李小民先是咬牙切齿地骂李小米"你个猪脑子"，吼骂还不解恨，火山随即喷发。李小民把两本小册子合在一起，让李小米伸出手来。李小米含着眼泪把手伸出来说："爸爸能不能不打手？"李小民说："不能。"李小米又说："爸爸能不能打轻一点？"李小民拉着脸没说话。当李小民挥着书打下去的时候，李小米惊叫着把手躲开了。于是，李小民一个字一个字地朝李小米说："把——手——

伸——出——来。"李小米只好乖乖地把手伸了出来,伸得直直的。李小民毫不犹豫地打了下去,随即发出啪的一声脆响。李小米的眼泪珠子一般滚落下来。李小民不为所动地说:"另一只手。"李小米乖乖地伸出另一只手,也伸得直直的。李小民同样毫不犹豫地打了下去,同样发出啪的一声脆响。李小米的眼泪继续无声地滚落。李小民问她:"疼吗?"李小米流着泪点了点头。李小民说:"疼就对了,疼就要长记性。"

李小民其实不想打李小米的,更不想成为一座动不动就喷发的火山。其实,他骂都不想骂李小米,可是他做不到。顶多三五天,他就忍不住爆发一下,这让他对自己失望不已。时间久了,李小民觉得自己虽不够称职,可比起周围那些粗俗没文化的爸爸、那些整天加班应酬不着家的爸爸、那些动不动就打孩子的爸爸、那些把孩子惯得无法无天的爸爸……自己还算是不错的。他虽然也打李小米,可打得很少。他虽然爱发火,可很少说脏话。他也宠李小米,可原则问题上绝不妥协。想到这些的时候,李小民对李小米的愧疚就会少一些。李小民想,父女即缘分,他和李小米都无从选择,只能接受。他觉得李小米至少比自己小时候强多了。他六岁时父亲就去世了,母亲外出打工养活自己和哥哥,他留在老家有时连饭都吃不饱,受过的那些冷眼欺负就别提了。虽然母亲五年后回来了,可他们的战争也就此开始了。母亲打起他来简直像要灭口一样。虽然每次都是他不听话,但哪有母亲那样打儿子的?他现在只是偶尔打李小米几下,心里都要愧疚上好多天,仿佛犯了什么天大的罪过。前天他又没忍住打了李小米的手，看着李小米泪流满面的样子，自己差点儿也快哭了。他想起以前说过不打李小米的，毕竟她是一个女孩子，女孩子得宠。他想起李小米还在李丽肚子里时，自己曾默默地发誓要当一个好父亲。他从小失去了父亲，是村里最早的留守儿童。所以，李丽怀了李小米后，李小民便暗下决心，绝不离开李小米，一定陪着她长大。母亲那会儿整天跟他干仗，把他往死里打，现在他长大了，跟母亲一点儿都不亲。他觉得，自己和母亲之间的亲密就是被一点一点打没的。他可不想把他和自己孩子之间的那份亲密也给打没了。现在，李小民已经当了五年爸爸了。当初的誓言，他只做到了一多半。为了能陪在李小米身边，他辞去了大舅子给他找的那份还算不错的工作，就因为那工作一周有五天半不能陪在李小米身边。现在，他在家里开着一家所谓的儿童阅读馆，来借书的人屈指可数，收入也就刚够应付柴米油盐吧，主要还是靠李丽在国企的铁饭碗。可李小民还是没能完全做到不打李小米，虽然打得少，可毕竟打了，食言了。

昨天放学回来，李小民看见李小米不停地在挠手指，问她："怎么了？"李小米说："手指头痒。"李小民说："谁叫你整天抠手。"李小米说："不是抠得痒，是爸爸那天打得痒。"李小民把李小米的小手拽过来一瞧，看见右手无名指红肿了。李小民顿时一阵难受，把李小米抱在怀里说了好几句对不起。然后，他们一起开始读英语。然后，没多久，李小民又对李小米发火了。晚上睡觉前，他又一次对李小米很真诚地道了歉。今天放学后，李小民又对李小米发火了。

今天，李小民没有打李小米，只是吼叫，还没有失控。李小民发完了火，让李小米在门口站了一会儿。本来，他想让李小米站到门外去的，最后忍住了。罚站是李小民惩戒李小米最主要的手段。这是他从一档美国电视节目里看到的，人家管这叫限制行动。李小民不但经常咆哮着让李小米罚站，还经常让李小米站到楼道里去。一提罚站李小米就害怕，就哭着说："爸爸能不能不罚站？"李小民说："由了你了？"李小米哭着说："那爸爸能不能少站一会儿？"李小民冷着脸不再说话，李小米便流着泪乖乖地站到门口去了。

李小民第一次对李小米动手时，她才两岁多一点。那以前，都是他和李丽两个人一起给李小米洗头发，一个抱着，另一个洗。李小米仰面躺着，舒服得都能睡过去。李小米一天天长大了，变重了，头发越来越长了，还死活不让剪，说要当长发公主。这样一来，给李小米洗头发就不再那么轻松好玩了。那天，李丽不在家，李小米已经一周没洗头发了。李小民说："今天爸爸一个人给你洗头发吧。"李小米说："好啊。"李小民说："你长大了，爸爸抱不动了，趴在小椅子上，低着头，闭上眼睛，爸爸给你洗吧。"李小米说："好啊。"可当李小民开始给李小米洗头的时候，她就有些不配合了。当水和泡沫流得满脸都是的时候，她就开始哭闹了，不停地想抬头，不停地想拿手去揉眼睛。李小民说："宝贝别动，一会儿就完了。"可李小米根本听不进去，哭声越来越大，闹得越来越厉害。不一会儿，李小民被弄得浑身是水，跟着烦躁起来，最后就发火了。李小民恶狠狠地按着李小米的头，边骂边给她洗头发。李小米"呜呜呜"地哭个没完没了。李小民第一次被李小米气得简直要发疯，洗完头，脱了李小米的裤子，狠着劲在屁股上"啪啪啪"就是几下。李小米随即哭得歇斯底里。等李小米不哭了，李小民感到从未有过的罪恶感，抱着李小米哭着说："爸爸不好，爸爸不该打李小米，爸爸是个坏爸爸。"擦干眼泪后，李小民郑重地对李小米说："爸爸以后再也不打李小米了，绝对绝对不打了。"李小米没说话，只是抿着嘴看着李小民一个劲儿地点头。那之后不久，李小民就食言了，一而再再而三地食言了。

李小米站了一会儿，李小民说："好了。"李小米便去小垫子上玩了。李小民看看时间，快六点了，李丽快回来了。

一进门，李丽就笑着对垫子上的李小米说："宝贝，妈妈回来啦。"李小米笑着跑到李丽的怀里，"妈妈妈妈"地叫着拥抱了一下，在李丽的脸上亲了一口，又回到了垫子上。

李丽现在在公司的行政部门管资料，很忙，资料一大堆。李小民让她悠着点干，何况有些资料是应付差事而已，一点意义都没有。李丽说，这些她知道，可不干不行啊，今天小检查，明天大检查，人家可不说意义不意义，只看东西有没有，没有就得挨批评、扣工资。再说，她也不会糊弄人，不像别人那样得过且过，她干什么事不认真自己心里还过不去。可干得再认真也没人知道，别人以为她也是混日子。李小民说那就怨不得别人了。李丽说，她只是说说而已，说说都不能了吗？李小民没再接话。李丽也不吭气了。不然，他们又会吵起架来的。

今天，李丽没说工作的事，只斜着身子坐在沙发上，手托着下巴，满足地看着一个人玩过家家的李小米。李丽发现李小米过一会儿就拿左手挠一下右手无名指，就问李小米："怎么了？"李小米抬起头一脸懵懂地问李丽："什么怎么了？"李丽说："你怎么老挠手指呢？"李小米把右手无名指伸出来说："痒。"李丽问："为什么痒？"李小米说："肿了。"李丽腾的一下来到垫子上，抓起李小米的小手一看，果然肿了。还没等李丽问怎么肿的，李小米就说："爸爸打的。"李丽刚想问李小民为什么打李小米，李小米急急地说："我不好好读英语，惹爸爸生气，爸爸才打的。"李丽没说话。李小民也没说话。李丽跑到房间，找出一瓶活络油，给李小米抹了抹，揉了揉，然后问李小米："疼吗？"李小米摇了摇头说："不疼了，快好了。"

以前，李丽看见李小民凶李小米，看见他像一个野兽似的把李小米吓得哇哇大哭，非和他吵架不可。那时的李丽就像护雏的母鸡，一脸的伤心与无畏。现在，李丽发现李小民打了李小米，且把手指头都打肿了，竟然一声不吭地坐回到了沙发上。这让本就心虚的李小民突然有些心慌。他不想跟李丽吵架，但也不希望她一声不吭。过了一会儿，仿佛睡着了的李丽突然平静地说："别再打她了，越打越笨，越打越叛逆。"李丽说话了，就说明她不想吵架，只是想解决问题。李丽接着说："以后你要是忍不住想要发脾气，或者她实在调皮了，你就让她待在一个地方，你自己待在一个地方，这样省得你发火，也省得她委屈。"李小民没有说话。他想起有一次，自己又莫名其妙地发了飙，那次李丽反常地没有哭，始终一脸平静。等他的火终于熄灭后，李丽才面无表情地看着他说："你是这个家的国王，可她却根本不是什么公主，我也不是王后，我们都只是你的奴隶而已。"那一刻，李小民觉得自己被李丽一眼看穿，角角落落看得透透彻彻。原本的愤怒之火变成了羞愧之火。想到这儿，李小民觉得看上去柔柔弱弱的李丽忽然变得坚硬起来。他觉得李丽刚才说的那个办法似乎不难办到。他也不想整天当火山，家里有一座火山可不是什么好事，那些失控的岩浆迟早非得连自己一并吞没不可。这时，李丽又说："你应该轻松点儿，你轻松了她才能轻松。她现在做什么都得看你的脸色，想着你高不高兴，这样她长大了怎么能有出息？"

李小民也不知道他们从认识到现在吵过多少次架了，反正结婚前吵得少，结婚后慢慢就吵得多了，三天一小吵，五天一大吵，什么事都可以吵，没事找事也可以吵。吵得多了，李丽就把离婚挂在嘴边，说日子没法过了。李小民说："你想结就结，想离就离，你以为这是过家家闹着玩呢？"每次，不管大吵还是小吵，他们之间的对话总是这么几句。有时，他们当天就和好如初。有时睡一觉，第二天就好了。也有时，他们会好几天，甚至一个礼拜不说话。最后，一般都是李小民服个软、道个歉，李丽也就顺阶而下。

怀上李小米后、李小米一岁之前的那一段日子，他们的生活可以说前所未有的幸福美满。那时的李小民还在上班，每周只回来一天半。对于这一天半的时光，他倍加珍惜。那时的李小米，还没有这么多的主观能动性，他对李小米也没有那么多的要求。后来，李小民辞职在家开了这么个要死不活的阅读馆，一切都慢慢地变了。

辞了工作的李小民越来越爱发火，火发得越来越大，和李丽也吵得越来越凶。李小民常常因为一句话就能着起来，凶神恶煞的样子吓得李小米直哭。李小民吼道："不许哭。"那时的李小米还忍不住自己的哭声，看见变成怪兽的李小民，听见雷一样的炸响，哇哇哇哭个没完没了。李小民的雷声便不断地响起、升高、盘旋。李小米的哭声跟着歇斯底里、扭曲变形。然后，李小民的体内终于喷溅出"岩浆"，在李小米的屁股上烫出火红的印迹。李丽见状，也跟着啜泣起来，抹着眼泪把李小米紧紧地搂在怀里。李丽说："宝贝不哭，宝贝不哭。"李小民说："不要拿眼泪来吓唬老子。"等李小米睡了，李丽红着眼睛对李小民说："离婚吧，我受不了了。"李小民说："每次都离婚离婚，你能不能说点别的？"李丽说："离婚吧，真的。"他们就这样翻来覆去地说上好多遍，婚还是离不了，下次还得吵，李小民的火山还得继续间歇性地喷涌。有那么几次，临睡觉的时候，也是因为点芝麻蒜皮的小事，他们吵得惊天动地。李小民把桌上的东西摔得粉碎，李丽目瞪口呆地看着李小民，带着那种不可思议的恐惧。李丽说：

"你一个大男人竟然摔东西？"李小民说："谁规定男人就不能摔东西？"李丽说："你还好意思？"李小民说："我有什么不好意思的？"照旧是车轱辘话来回说。记得吵得最凶的一次，李小民觉得自己从里到外每一个细胞都着了起来，非得毁灭什么不可，或者被什么毁灭才行。照例一阵大吵，一阵砸摔，一阵哭叫。最后，李丽朝着李小民跪了下去。李丽哭着说："求你了离婚吧！你就可怜可怜我吧！"看着跪下哭着求自己的李丽，李小民的火突然灭了，不说话了。李丽继续跪着哭着说："求你了离婚吧！你就放过我们娘俩吧！"李小民坐在沙发上，双手揪着头发，像一座进入休眠状态的死火山。他们还是没有离婚。等冷战上几天，李小民就会跟李丽道歉，给她保证。李丽笑着说："保证有用吗？"一个月前，他们就大吵过一次。那时，他们刚从南方旅行回来。也是一个晚上，也是在毫无征兆的情况下，李小民就发火了。最后，李丽哭着说："好吧好吧，以后我不跟你吵了，你说什么就是什么行了吧，只要你别动不动对李小米发火就行，她都快被你吓出病来了。"从那天起，李丽真的不怎么跟李小民吵架了。有时，李小民莫名其妙地变了语气，李丽就一言不发地让着躲着，尽量不触碰到他那根火捻子。除了发火时的那一阵痛快，李小民其实一直觉得挺对不住李丽的。当初谈恋爱时自己说过的那些话都已经放了屁，家里全靠李丽撑着，工作忙累不说，还得整天看自己的脸色，简直岂有此理。偶尔，李小民也把这些话笑着说给李丽听。李小民说："这样的老婆估计再找不到第二个了。"李丽笑着说:"那你还不知足,还整天虐待我们娘俩?"李小民说:"我以后尽量改。"李丽说:"快算了吧,狗改不了吃屎。"

晚饭后,李丽收拾家,李小民带着李小米来到小区广场上。李小米老远一看见她的那几个小伙伴,就笑着喊着叫着朝他们跑了过去。李小民手里拎着水壶,和几个相熟的家长站在一起,有一句没一句地聊着。

玩着玩着,该喝水了,家长们各自喊各家的孩子过来喝水。有的孩子喊上好几遍就当没听见,好不容易喊过来,只象征性地喝上一小口就跑。李小民一喊李小米,李小米就乖乖地过来了,接过水壶咕嘟咕嘟喝上三大口,再把水壶盖好,递到李小民手上,才又去玩了。别的家长见状就会说:"看看人家李小米,喝水多乖,哪像我们家的!"小伙伴们一起爬一处栏杆,一米多高,中间有四根隔挡。其他人一下一下地往上爬,有的爬到第三根,有的爬到第四根,有的甚至骑在了栏杆最顶上。爬上去的小伙伴们叫李小米快上来,可李小米就是不上去。李小米说:"我爸爸不让我爬栏杆,怕摔着。"其他家长朝着自家的孩子喊,让从栏杆上下来,可那些孩子置若罔闻,依旧在栏杆上爬上爬下。这时,那些家长就会说:"看看人家李小米,多听话,哪像我们家的!"小伙伴们有的骑着自行车,有的骑着滑板车,有的骑扭扭车,有的什么没带,只是跟着跑来跑去。他们玩着玩着,就忘了叮嘱,跑到对面人工湖边玩水。一个过去了,别的也都跟着跑了过去,大人怎么喊都喊不住。只有李小米不过去,谁叫也不过去。李小米站在远处说:

"我爸爸说了，不能自己乱跑，太危险。"那些家长见状就会说："看看人家李小米，啥话都听得进去，哪像我们家的！"不管别人怎么说，李小民始终笑而不言。

无事可干，亦无话可说，李小民便看起了朋友圈。朋友圈里，好些人整天卖东西，好些人整天发鸡汤文，好些人整天发养生文，还有好些人整天发关于育儿教育之类的文章。李小民以前也喜欢发点自己写的育儿小感触出去。发得多了，就有许多人给他点赞留言，甚至把他当成模范爸爸和育儿专家。当初，李小民一心想当一个好爸爸的，他不是没努力过。现在，他只希望不当一个坏爸爸就行。他已经好久不发朋友圈了。他不想把自己塑造成一个好爸爸。可朋友圈里，没戴面具的又有几个呢？就像眼前的这几个家长，哪一个看起来都有文化有教养，可谁知道在家里什么样。他们在家就不骂孩子不打孩子吗？说不定他们天天打天天骂，还打骂得心安理得呢。就像李小民，他们都知道他看书多，还会写点文章，觉得他是一个知识分子，也肯定是一个好爸爸。在外面，他们几乎没见过李小民对李小米发火。不管李小米犯了什么错，李小民从来都是摆事实讲道理，耐心地解释教导。他们怎么知道李小民在家里是一座常年处在活跃期的活火山呢。

回到家，准备给李小米洗澡的时候，李丽的电话响了，是李小米的奶奶发过来的视频邀请。看见奶奶了，李小米高兴地跳来蹦去。奶奶问李小米："妈妈好吗？"李小米说："妈妈好，妈妈从来都不生气。"奶奶问："爸爸好吗？"李小米说："爸爸也好，爸爸不生气就更好了。"奶奶对李小米说:"那你就让爸爸不要生气,他生气的时候你就对他说,'你有这么好的宝贝女儿多幸福啊,还生什么气啊'。"李小米说:"我知道了。"李小民本来也想和母亲说上几句的,可突然一句话都不想说了,甚至连母亲的声音都不想听到。他说:"挂了吧,李小米要洗澡睡觉了。"李小米说:"奶奶挂了吧,我要洗澡睡觉了。"

李丽带李小米进卫生间洗澡去了。

李小民和母亲一年最多也就寒暑假才能在一起待几天。每见一次,李小民就觉得母亲更老了。其实母亲才六十多一点。李小米一岁之前,母亲和他们生活在一起,帮着他们照看孩子、做饭、收拾家。李小民辞职后,母亲才回去的。母亲本想着多待几年,好让他们两个没有挂累,好好挣钱。母亲是被李小民气回去的。提着行李临出门的时候,母亲咬牙切齿地对李小民说:"当初就该把你淹死在尿盆里,省得祸害人。"然后,母亲就毅然决然地坐火车去了李大民家。后来,母亲又后悔了,觉得自己不该这样冲动,自己的儿子自己不知道吗?再说还有媳妇和孙女呢。可是,她想来来不了了。李小民决定自己带孩子。李小民学着自己做饭、收拾家,甚至学会了自己蒸馒头。这让李大民一家简直喜出望外。他们两个人,一个老师,一个医生,一天到晚忙得团团转,家里顾不得收拾,孩子顾不上管,算是意外"得救"了。

每年寒暑假,李小民带李小米刚去李大民家那几天,李小民和母亲相处得还算和睦,对李小米也很有耐心。待着待着,李小民就烦躁起来，说话开始带着刺。母亲当然知道多说无益，反而会火上浇油，可后来看不下去孙女可怜委屈的样子，就忍不住骂起李小民来。母亲的责骂再一次让李小民想起他噩梦一般的童年。他怒火中烧地把一切的原罪直指母亲。李小民说："我为什么会变成这个样子？谁把我一点一点逼成现在这样的？你现在满意了……"李小民这样说的时候，母亲就说不出话了。以前，母亲会被他激得说些狠毒的话来，现在不说了。去年暑假的时候，他们曾大吵过一回。李大民始终没说过李小民的不是，反而数落了母亲几句。李小民带着李小米回家后，母亲竟意外地给他发来了短信。李小民看着手机里夹杂着错别字的几行字，顿时泪流满面。母亲向他道歉了。母亲说，她没想到自己那会儿的行为会给李小民造成这么大的伤害，请求他的原谅。可他有资格原谅母亲吗？

李小民六岁那年初冬，父亲突然去世了。父亲溺爱他是出了名的，他怎样闹腾父亲都不会生气。李大民对此很有意见，觉得父亲太偏心。趁着父亲不在、母亲不注意的时候，李大民常常偷偷地揍李小民。除了这些，关于父亲在家时的记忆，就是没完没了地吵架。时至今日，李小民已经完全不记得吵架的内容，只记得母亲的歇斯底里，发了疯似的撕扯父亲，把家里的盆盆罐罐摔得震天响，而父亲始终一言不发。

父亲去世后，母亲哭干了眼泪，把李大民寄养在了三姨家，把李小民留给了爷爷奶奶，自己出去打工养家。母亲走的那天早上，一遍一遍地叮嘱李小民，说她过几天就回来，而李小民始终不说话。其实前一天晚上，母亲的叮嘱就开始了，李小民的沉默也开始了。等到他跟着母亲来到车站，母亲和哥哥上了车，车终于开出去的时候，李小民才慌了，突然感到一种莫名巨大的恐惧和绝望。李小民发了疯似的追着汽车跑，追出去五六里路，汽车没追到，李小民昏倒在了马路上。

母亲走后，李小民在奶奶家吃饭，吃完饭就回到空荡荡的家里一个人住。他觉得家里就剩他一个男人，他有责任把家守住。以前，李小民是他们那一片的孩子王，胆大会玩，许多孩子愿意唯他马首是瞻。后来，他和别人玩着玩着，突然径直回到家，把自己锁在屋子里，任别人怎么叫都没反应。慢慢地，就没什么人找他玩了，他便自己跟自己玩。

一个人玩的时候，李小民常常用泥巴做成一个一个的"圆饼干"，在那些泥饼干上用小刀刻字，每个上面刻一个字。李小民刻"爸爸我想你""妈妈我想你"，刻了好多好多这样的泥饼干，把它们摆满窗台和台阶。李小民看着这些泥饼干，看着泥饼干上自己刻的这些字，看着看着，眼泪就吧嗒吧嗒止不住流了下来。

母亲是三个月后回来的。

那天，李小民正一个人在门前的那棵大核桃树下戳蚂蚁玩，忽然听见有人在叫他，很熟悉的声音。李小民抬头一看，是母亲。可李小民并没有像他想了无数次的那样，不顾一切地跑过去扑进母亲怀里，他羞于做出那样的动作。李小民不自然地站了起来，有些生硬地叫了一声"妈"。母亲以为他长大了。之后，母亲每隔几个月回来一次。母亲没回来的时候，李小民还是会想母亲，想得一个人偷偷流眼泪，流着眼泪一遍一遍地唱《鲁冰花》和《世上只有妈妈好》，一遍一遍地设想母亲回来时他们的亲密场景。可当母亲回来时，李小民发现他们之间一次比一次陌生了。母亲也发现李小民越来越不爱说话了，变得越来越倔强乖戾了。李小民上初中时，母亲不去打工了，把李大民从他三姨家接了回来，决定在家照看他们。

那时的李小民，已经变得不服管教，是众所周知的问题少年，对整个世界都充满了敌意。母亲的苦口婆心全无用处，发动群众也是白费功夫。眼见小儿子就要走到邪路上去，母亲自然着急上火。李小民至今记得母亲发了疯似的、披头散发地拿着一根长木棍追打自己的场景，且每一次都是下狠手，把他往死里打。李小民每次都被打得丢盔卸甲，狼狈地跑过半个村子，又跑回家里，把自己关进南边的那间屋子里，反锁上门，在那台老旧的缝纫机下缩成一团。这时，母亲拿了更长的棍子，敲碎窗玻璃，伸进长棍朝着他死命地又戳又捅，面目狰狞地号叫道："我今儿非弄死你不可。"最后，在邻人的拉劝下，他们终于从地狱回到了人间。这样的场景，在李小民的少年时光上演了无数次，在以后的梦里也出现了无数次。

长大后，每当和母亲吵架时，李小民就会把那些伤疤重新血淋淋地揭开，让母亲看看，让她休想忘记。每次和母亲吵完架，各自说完狠话，李小民都会感到一种莫名的快感，继而感到一种深深的疲累，然后就是深不见底的无助和悲哀。母亲已经向他道过歉了。他也想过向母亲道歉的，可他实在说不出口。别说道歉，时至今日，他仍没有学会怎么和母亲说话。事实上，说话一直是李小民和这个世界最大的障碍。现在，李小民当着母亲的面教训李小米时，母亲一个字都不吭，马上识趣地默默走开。这两次去李大民家，李小民和母亲没再吵过架。

透过卫生间的磨砂玻璃，李小民看见一高一低两个模糊的身影，听见里面传来简单而纯粹的笑声。

洗完澡，李小米裹着浴巾，嘟着嘴从卫生间走了出来，笑着对李小民说："一会儿爸爸给我讲故事，爸爸陪我睡觉好不好？"李小民说："让妈妈给你讲故事陪你睡觉吧，爸爸看会儿书。"李小米说："可是我想让爸爸给我讲故事爸爸陪我睡觉。"李丽说："你爸那么凶，整天对你生气还打你，你还那么爱你爸？"李小米摇晃着身子说："反正我就是爱爸爸。"

从一岁前开始，每天睡前，他们都会给李小米讲故事，通常每个故事要连着讲好几天。这几天，讲的是一本叫作《我的爸爸叫焦尼》的书。书中的小男孩狄姆被妈妈送到火车站，一个人等爸爸。等到爸爸后，爸爸带着他吃东西、看电影、到处玩……无论走到哪儿，狄姆都要笑着大声地告诉别人："这是我的爸爸，我的爸爸叫焦尼。"这一天很快就结束了，爸爸要坐火车走了。临别时，爸爸把狄姆抱上火车，对车厢里的所有人大声地说："这是我的儿子，最好的儿子，他叫狄姆。"然后，火车带着爸爸走了，狄姆一个人在站台上等着妈妈来接他。第一次给李小米讲这个故事时，讲着讲着，李小米忽然就哭了，哽咽着问："为什么狄姆的爸爸要离开他呢？爸爸妈妈不是应该永远陪在宝贝身边吗？"李丽告诉李小米："狄姆的爸爸妈妈离婚了，不再生活在一起了。他的爸爸生活在别的地方，有了另外的家，不能每天见到狄姆了，但爸爸妈妈依然很爱他。"李小米红着眼睛说："那我的爸爸妈妈会离婚吗？"李丽说："不会的，你的爸爸妈妈永远都陪着李小米。"说着说着，李丽也忍不住流泪了。

今天，李小米安静地听着妈妈给她读狄姆的故事，没有哭，也没有说话。读完了，李丽轻声地对李小米说："狄姆不能每天见到爸爸，很可怜对不对？"李小米说："嗯。"李丽说："你的爸爸妈妈尽量不那样好不好？"李小米说："好。"李丽说："虽然爸爸有时对你生气，可他也很爱你知道吗？"李小米说："我知道。"李丽说："爸爸妈妈有时也会犯错发脾气，可无论怎样，爸爸妈妈都永远爱李小米，永远不离开李小米好吗？"李小米说："嗯。"虽然隔着门，可李小民每个字都听得清清楚楚。李小民觉得有什么东西挂在脸上，抬手一抹，才发现是眼泪。

该睡觉了。

李小米在里面叫："爸爸爸爸。"李小民说："怎么了？"李小米说："你陪我睡好不好？"李小民说："不是说好妈妈陪你睡的吗？"李丽出来对李小民说："非要你陪着睡，我看李小米就是一个受虐狂。"

小床紧挨着大床，李小米晚上睡觉翻来滚去，经常滚到大床上来。这会儿，熄了灯，李小米侧躺在小床上，李小民侧躺在大床上，父女俩面对面。像许多次一样，李小米用胳膊搂住李小民的脖子，时不时用小手在李小民的脸上摸了又摸。黑暗中，李小民看着李小米微笑着的单纯又满足的小脸，看着李小米像一个精灵一样温柔地注视着他，像黑暗中的一盏灯，照亮了常常陷入茫然又矛盾的他。

在黑暗中，李小米眨着两只大眼睛轻声地说："爸爸你在想什么呢？"李小民说："没什么，快睡吧，不然明天又该闹着不起床了。"李小米说："爸爸？"李小民说："嗯？"李小米说："你能不能答应别再对我生气了？你每次都答应我，可每次都不算数。大人怎么能说话不算数，不算数羞死人了。"李小民说："爸爸知道了。"

李小民刚才才发现，李小米这两天老犯迷糊的那一本小册子，书脊上用英文清清楚楚地写着"Level 2"。李小民想，自己怎么会把书拿错了呢？拿错了怎么就一点儿没发现呢？这时，黑暗中传来微微的鼾声。李小米已经睡着了，胳膊仍紧紧地搂着李小民的脖子。李小民不敢动，也舍不得动。只有这个时候，李小民才觉得自己像一个真正的爸爸。

早上六点，楼上传来一阵窸窸窣窣的声音，接着是开门关门的声音。然后，那窸窸窣窣的声音来到了走廊上，消失在了电梯口。过了一会儿，楼下的大门咯吱一声被推开了，随即传来几声不大不小的狗叫，听得出来，不止一只狗在叫。对于大早上能出来遛一圈，它们都很兴奋。它们先在一出大门右手边绿化带里的几棵景观桃树下，各自撒了一泡尿，然后张大嘴巴，伸出半截舌头，左顾右盼了一会儿，便拉着主人迫不及待地往河边跑了。

李丽翻了个身，几分钟后，又翻了个身，然后腾一下坐了起来，两只手揉搓了几下头发，把本来睡得有点乱的头发揉搓得更乱了。揉搓完头发，她又用两只手将整张脸揉搓了几下，睡眼惺忪地用脚够到拖鞋，去了一趟厕所。重新回来躺到床上后，李丽看了一眼背对着自己睡得正香的李俊,看得一肚子莫名其妙的气。

李丽伸手摇了摇李俊说:"天都大亮了,你怎么还在睡?"

李俊翻过身来,揉了揉眼睛说:"几点了?"

李丽说:"六点多了。"

李俊看了一眼墙上的挂钟,又把身子翻了过去,嘟囔着说:"才六点零五,六点半再起。"

李丽说:"楼上的那个女人怎么每天都这么不安生,大早上的就踢里哐啷一阵响,还让不让人好好休息了。"

李俊说:"我怎么没听见,可能是你太敏感了。"

李丽说:"你以前耳朵不是挺灵的吗?怎么最近还不如我了?"

李俊没再说话,假装睡着了。

李俊当然听得见楼上的动静,几乎每天都听得到,像闹钟一样准时。楼上的女人养着三只狗,两只白色的小沙皮,一只不大不小的黑色的串串。那只黑色的串串,是今年开春才收养的流浪狗。她每天早晚都要去河边遛狗。许多人都认识她,李俊也认识她。

李丽重新躺在床上,两只眼瞪着大衣柜,也假装自己睡着了。

六点半,闹钟准时响起,李丽和李俊同时起床。

洗漱完,李俊去厨房准备早饭,李丽检查李小米的书包,看看该带的东西都带了没。每天的早饭几乎千篇一律:牛奶、鸡蛋和包子。时间久了,李小米难免会抗议。每当李小米噘着嘴巴说:"爸爸爸爸,你就不能做个别的吗?天天牛奶、鸡蛋、包子,我都吃腻了。"李俊就会摆出他的蛋白质至上论，一本正经地把蛋白质在儿童身体和智力发育中无可取代的作用重申一遍，而蛋白质的主要来源就是牛奶和鸡蛋。李小米只能被迫接受这套强加给她的早餐理论。其实，李俊自己也腻味了，可他还是一遍遍说服自己，为了孩子的健康，没办法啊。再说，又要着急上班，哪儿来的那么多时间和精力搞花样？李俊当然知道这只是借口而已，说到底还是自己太懒了。朋友圈里，李俊常能看到有人给孩子做早餐，不仅一周七天不重样，而且每天色香味俱全。那样的家长好像都是别人家的家长，就像别人家的孩子，总是可望而不可即。他也想着每天早起半个小时，给李小米变着花样做早餐，让她的每一天从惊喜而不是从厌恶中开始。可他实在起不来。其实，他六点左右就醒了，不是被楼上女人的响动吵醒的，而是每天早上到了六点左右，他就再也睡不着了。他只是不愿意起来，睁着眼睛做梦，或者闭着眼睛遐想，就好像一个人躺在一叶舟里，任自己在无边无际的大海上漫无目的地漂啊漂。

　　李俊高中时得过神经衰弱，晚上睡不着，白天昏昏沉沉。后来，他中药西药吃了一大堆，总算好了一点。不过，他夜里还是多梦，睡眠浅，有个风吹草动就会醒来。只是他醒来后，睡着得也快，不像过去干睁着眼睛，煎熬着等待天亮，犹如罪孽深重的人，在苦苦等待救赎。有时，他甚至觉得死或许才是唯一的真正的救赎。现在好多了，他不用再想方设法与失眠对抗了，而是看淡它，甚至拥抱它，只当是每天要走的一段路。

李丽的睡眠一直不错，这可能跟她的脾气有关。她是一个慢性子，无论什么时候，干什么，她都是一副不紧不慢的样子。她变得焦虑是有了李小米之后，整天担心这担心那，没有必要担心的也担心。自从李小米上了小学，李丽的焦虑就更甚了。很有可能不是李丽一个人这样，许多妈妈都变成了这样。孩子没上小学之前，她们主要是操心孩子吃的东西健不健康，害怕磕着碰着。等孩子上了小学，除了前面说的那些，她又要开始操心学习了。各种各样的作业，今天做手工，明天做手抄报，每天各种打卡，周末还得上兴趣班。生活中突然增加了好多项内容，大人孩子都跟着备受折磨，却都找不到解脱的办法，最后往往演变成鸡飞狗跳。李丽当然是心疼李小米的，可她的心疼往往扭曲成了训斥，进而歇斯底里，甚至面目狰狞。静下来的时候，李丽有时想，人真不该要什么孩子，让孩子跟着自己遭罪。她把这话说给李俊，李俊笑笑说："这话可不能让李小米听见，小心对她认知世界产生消极影响。"

李丽说："这不等于骗孩子吗？"

李俊说："骗就骗吧，实话实说谁受得了。"

站在厨房窗户前喝水的时候，李俊看着楼上的那个女人戴着棒球帽，上身穿着一件浅咖色带细条纹的女士西装，穿一条浅色直筒牛仔裤，牵着三只狗，从河边的方向走了过来。一路上，那两只白色的小沙皮一个劲儿地往左扯，那只黑色的串串一个劲儿地往右扯，扯得她跌跌撞撞，步履踉跄。每次看到这幕场景，李俊就忍不住想笑。他觉得这实在不是人在遛狗，而是狗在遛人。然后，楼下的大门咯吱一声开了，又关上了。不一会儿，楼上响起了熟悉的窸窸窣窣的声音，接着是开门关门的声音，窸窸窣窣的声音跟着进了屋，很快就安静了下来。李俊看了看手机，六点五十，该叫李小米起床吃饭了。

李丽要赶公司的通勤车，每天的早饭都吃得很匆忙，常常收拾完，已经没时间吃饭，只好把饭装在袋子里，上了车或者到了单位吃。眼看就要赶不上车了，李丽火急火燎地穿上鞋，一只脚踏出门外，又收回来，扭过头很严肃地问李俊："她的书包收拾好了吗？"

李俊略显无奈地说："你收拾的啊。"

李丽说："你一会儿再看看。"

李丽走后，李俊和李小米都松了一口气，相视一笑。李小米吃完饭，读十分钟古诗，再读十分钟英语，七点四十，他们穿衣出门。这时候，李俊听见楼上传来带跟的鞋走路的声音，接着是开门关门的声音，电梯停在了五楼，然后开始下行。李俊和李小米偶尔坐电梯，大部分时间，他们从楼梯下。他们住在河西岸，学校在河东岸，要过一座和谐桥。送李小米到了学校，李俊再走去上班。过了李小米所在的立心小学，再绕过火车站站前广场，穿过铁路下面的桥洞，上一个缓坡，往右走两百多米，县文联就到了。

牵着李小米的小手往和谐桥方向走的时候，一辆深绿色的宝马 MINI COOPER 从他们身后不紧不慢地开了过去。李俊回了一下头，隔着深色的车窗，看不清司机的表情。他再次清楚地看见了车牌号，是青岛的牌照。

刚结婚时，李俊去过一次青岛，那是他第一次看见大海。李小米三岁时，他们全家又去了一次，那是李小米第一次看见大海。青岛离他们现在生活的塞北小城，大约一千两百公里，那是完全不同的另一个世界。李俊搞不懂楼上的女人，为什么会从青岛来到这个不毛之地，其实，他也搞不懂自己当初怎么就从平原上来到了这里。

准备往桥头拐的时候，李俊看见那辆深绿色的 MINI COOPER 从北边公园的小山下开了过去。再往南不远，就是科技大厦。李俊在科技大厦的楼下见过那辆车，停在楼背后的停车场里。李俊觉得楼上的女人其实完全不用开车上班的，小区距离科技大厦直线距离不超过四百米，几分钟就走到了，可她好像从来没步行过。

去年，县文联组织文化大讲堂，普及推广传统文化，李俊是其中的讲师之一，科技大厦是他们要去的几个地方中的一个。李俊提前一天理了头发，穿得既休闲又不失正式。尽管内容已经烂熟于心，可在讲课之前，李俊还是有点儿紧张。他站在科技大厦九楼报告大厅的讲台上，面带微笑，不动声色地来了个深呼吸，朝着台下扫了几眼，看见那个熟悉的身影就在其中，桌前席签上的两个宋体大字格外醒目：吕慧。李俊在心里默念了好几遍。一堂课很快就讲完了，比李俊想象的还要快。这期间，那个叫吕慧的女人大部分时间都低头在笔记本上写着什么，偶尔抬头朝前面讲台上看一眼，那一眼更像是机械式的张望。李俊不确定她是否看到了自己，又是否认出了自己。课讲完了，不少人过来和李俊合影，互加微信，其中没有那个叫吕慧的女人。

李俊人如其名，长得一表人才，工作之余，还常有文章在报刊上发表，这个小城里许多人都因此高看李俊一眼。虽然年近四十，可他看上去仍是三十岁的模样。李俊虽也自认小有才气，可身上却没有一丝傲气，甚至常有自卑之感，这可能跟他自小丧父有关。转眼间，他来这里已经十好几年了，虽然安家于此，认识的人也不少，可他仍习惯独来独往，在人群之外一个人漫无目的地游走，或者坐在无人打扰处遐想发呆。

楼上的女人出去遛狗，总是在河边，准确地说，是河边北面的一段。南面有一个小广场，常有人在那里锻炼，跳广场舞。不远处，有一片草坪，每天都有家长带着孩子去那里玩。遛狗的人也喜欢那片草坪，解开绳子任狗在草坪上撒欢。楼上的女人好像不喜欢人多的地方，也不想让她的狗去狗多的地方。她有意避开人群和狗群，一个人享受着遛狗的时光。

李俊不能想象一个人养三只狗的生活，而且是一个女人，在小小的两居室里，在这样一个有着漫长冬季的塞北小城。这里十月中旬就进入冬季了，最冷时零下二十多摄氏度，第二年四月底春天才姗姗而来。可再冷也得出去遛狗，不遛的话，狗就会叫个没完。三只狗一齐叫个没完，她自己和邻居们都受不了。想想零下十几二十摄氏度的天气，北风呼呼地吹着，还得出去遛狗，这简直需要天大的勇气。为了这份勇气，李俊就很佩服楼上的女人。李丽也很佩服。李丽说："养狗跟养孩子其实差不多，一样得处处操心，跟在屁股后面收拾。一个孩子都费老大劲，三只狗不得要了老命，我看那女人就是自虐。"这么一说，李俊忍不住笑了，确实有点儿自虐的意思。

和谐桥长约五百米，桥下是乌兰木伦河，一会儿就走过去了。李俊没有买车，学校离家一公里左右，顶多十分钟就走到了，开车反而麻烦，天天堵，也不好停。走在桥上，还可以看河面上倒映的朝霞和云朵，还有两岸的楼房和树木。每天都有游禽在河里游或者在天上飞。最常见的是绿头鸭、赤麻鸭和鸥鸟。幸运的话，还可以看到白天鹅和黑鹳。李俊很珍惜这一段送孩子上学的时光，一路上和李小米说说笑笑，很快就到学校了。看着李小米走进学校院子里转身朝自己挥手的时候，李俊常常感慨万千。李俊觉得这一天天的陪伴，其实是一场送别。一回头，李小米就毅然决然地去拥抱属于自己的生活。那一天眨眼之间就要到了。

去年秋天，也就是李小米刚上一年级的时候，楼上的女人每天早上也开着她的车从和谐桥上过。她几乎和李俊同时出门。当李俊走到桥中间的时候，那辆 MINI COOPER 夹在一长溜汽车中间动弹不得。等他把李小米送到学校的时候，才看见那辆车从立心小学旁边的广场前开了过去，过了紧挨着的人民医院和文体中心，朝着一小的方向而去。那时，李俊想，楼上的女人要是不开车就好了。本不怎么长的路，车多易堵，一堵大家就狂按喇叭，一个个都迫不及待地想从对面车道超到前面去，结果更是堵得一塌糊涂。于是，烦、气、骂，大早上心情一团糟。走路就好多了，看天看地看人看景，每天都是新鲜的。如果她也走路，路上他们肯定会遇见。遇见的次数多了，难免要说话，大家都多了一个伴多好。可惜她从来不走路，后来也没见她开车从桥上过了。

从立心小学到文联，走路也差不多十分钟。到了单位，李俊跟别人一样，泡了一杯茶，打开电脑，一口气看了八九篇县里的文学爱好者投来的稿子，想给文联办的季刊选点文章，结果一无所获，便决定下午再接着看。

李俊又想起楼上的那个女人。那个女人三十岁左右的样子，长得挺漂亮，穿着偏素，略施粉黛，收拾得很得体，只是有点儿疏离感。或许正是因为如此，李俊才会时不时地想起那个女人，才会想去了解她。

刚入春的时候，李俊和楼上的女人说过几回话。

那天，那只黑色的串串不知道怎么就跑上了四楼，趴在李俊家门口又抓又挠，楚楚可怜地呜咽着。李俊刚好有事在家，小心翼翼地打开门，看见黑狗无助的神情时，他立刻觉得这是一种缘分。李俊从黑狗的眼神中笃定它是一条温顺、忠诚而又聪明的好狗。李俊一直想养一只狗的，李小米也想有一个宠物。可李丽一直不同意，李丽有洁癖，回来闲不住，没事就到处擦啊擦，对灰尘、碎屑、毛发之类的特别敏感。可这些怎么能清理干净，差不多就行了，谁也不可能生活在一个无菌无尘的世界里，就连人类自己实质上也是细菌的堆积。可不管李俊怎么说，李丽还是我行我素。李俊没有什么办法，只要她自己不嫌累就行。养一只狗或者猫的话题，已经讨论过好几次了，每次李丽都坚决反对，根本不管什么少数服从多数。

李丽说："别说养猫养狗了，一想到浑身是毛的东西我就受不了，家里一天到晚到处都是毛，让人怎么活？"

李俊说："别的养猫养狗的人都不活了吗？"

李小米说："是啊，别人都不活了吗？"

李丽说："别人是别人，我管不着。"

李俊无话可说。

李小米"哼"了一声，噘着嘴，抱着胳膊走开了。

李俊给李丽打电话，说家里来了一只黑色的流浪狗，很干净很漂亮，应该是走丢了或者别人不想养了，一开门自己就进来了，趴在客厅里眼巴巴地看着人，多可怜，多有缘，就养了吧。可李丽还是坚决不答应。

李丽说："流浪狗那么多，善心发得过来吗？不说了，我还忙着呢。"

李俊给黑狗吃了一些东西，跟它说了好几句抱歉，然后把它抱到了楼下——它自己不肯走。刚到楼下，楼上的女人刚好从车里下来了。看见他抱着一只狗，楼上的女人朝他露出前所未有的笑容，径直走到他面前说："你家的狗吗？"

李俊说不是，然后带着遗憾的表情对她说了前因后果。女人的表情跟着他一起遗憾起来。女人温柔地摸着可怜巴巴的黑狗，心疼不已地说："多好的一条狗啊，我要不是已经有了两条狗，就把它也收了。"

听她这么说的时候，李俊很惭愧，好像犯了罪似的，甚至不敢和她对视。

几天后，当李俊看到楼上的女人牵着三条狗从电梯里出来的时候，他惊讶得张大了嘴巴。女人颇为自豪地对他说："小黑确实是只好狗，跟人很亲。"看着女人牵着三只狗渐行渐远的背影，李俊一阵莫名的失落。

时间再往前，也就是今年刚过完年，正月初二那天，李俊冒着严寒出去透口气的时候，在河边的路沿上，发现了一只奄奄一息的土狗，白色带浅咖色斑纹，只不过已经脏成了灰黑色。它应该是过马路的时候被汽车撞了，侧躺着一动不动，轻声呻吟着，旁边一道发黑的血印。当李俊想仔细看看它的状况时，它龇牙咧嘴的模样、喉咙里低沉的怒吼，把李俊吓了一跳。李俊不知道怎么帮它，宠物医院都关着门，天气又这么冷，它伤得如此重，整个后半身血肉模糊。他守在这儿吧，有什么用呢，守到什么时候呢？离开吧，似乎对不起自己读过的那些书，似乎自己就是那个凶手。李俊忽然觉得真不应该出来，这么冷的大风天，神经病才出来透气，一出来就落入罪恶的陷阱里难以脱身。

正当李俊进退维谷的时候，忽然看到楼上的那个女人，牵着她的两只沙皮狗，在不远处那棵随风起舞的柳树下站着。两只小沙皮拉着她转圈圈，这让李俊想起了旋转木马。李俊觉得女人要是走过来就好了。对于这只受了重伤的流浪狗，她一定能想出比李俊更好的主意，一定能把李俊从罪恶的泥潭里救出来。可楼上的女人一直没有过来，之后她牵着两只狗进了小区，朝着他们所住的 21 号楼而去。李俊想主动过去找她，让她把那条狗和自己从无望中救赎出来，可他始终没有迈出步子。他怕楼上的女人一眼看穿他，知道他根本不是为了救什么狗，而是拯救自己——一个中年男人肮脏的欲望。李俊忽然打了一个冷战，这个发现把他吓了一跳。他顾不上那条离死亡越来越近的流浪狗了，匆匆忙忙跑回了家，心突突直跳。刚一进门，李丽就问他："你怎么了？脸色那么差。"

他佯装镇定地说："可能是风吹的吧。"

李丽说："叫你别出去你不听，怪谁。"

李小米跟着说："爸爸不听话。"

过了些天，李俊站在厨房朝外望的时候，看见对面那栋楼下的绿化带里，有人好像搭了一个小帐篷。他下楼去的时候，特意走到对面的绿化带里看，原来是搭了一个狗窝，里面躺的正是前些天那只被他断言必死无疑的狗。那只狗还是不能动，仍然朝着他龇牙咧嘴，只是干净了些，状态好了些。狗窝旁放着一桶水和一大袋狗粮，狗的脑袋旁放着盛狗粮和水的小盆。李俊不禁想，好人还是有的。

之后一连几天，一有时间，李俊便站在厨房窗户前朝狗窝方向看。很快，李俊就看到楼上的那个女人提着东西，从绿化带的空隙挤进去，围着狗窝忙来忙去，蹲在狗前面好像跟它说着什么。李俊忽然很感激她，觉得自己一定想多了，当时如果毫不犹豫地去找她，结局应该比现在更光明纯净。过了几天，李俊发现狗窝忽然不见了。他去跟前看时，什么痕迹都没有了。他猜想，那只狗十有八九死了，毕竟伤得太重了。

上午十一点二十，李俊从单位食堂打上饭，快步走到立心小学门口，接上李小米，两个人快步走回家，把饭菜在微波炉里稍微热一下，然后吃饭。李丽的单位离得远，中午也有通勤车回来，只是比较绕，到家晚，去得早，便回来得少。

他们父女俩走到楼下时，那辆深绿色的 MINI COOPER，有时已经停在门前的车位上，有时刚好从他们身后开过来。如果楼上的女人在他们后面不远，李俊进电梯的时候，就会走得慢一些，进去按住电梯等一会儿。楼上的女人匆忙走进电梯，撩一下头发，对他笑着说声谢谢，然后侧身站在他和李小米身后。如果楼上的女人走在他们前面，一般也会按住电梯等他们一会儿，等李俊拉着李小米一阵小跑进了电梯后，楼上的女人替他们按了四楼。李俊笑着朝她点一下头。在狭小的电梯里，李俊的心里生出一丝隐秘的幸福感。很快，四楼到了，李俊拉着李小米回了家。刚到家，他就听见楼上开门关门的声音，听见鞋跟敲在地板上的声音。他想象着楼上的女人换上拖鞋，蹲下身来，拥抱抚摩一会儿迎上来的几只狗，然后麻利地给狗和自己准备午饭。

今天，李俊和李小米走到楼下的时候，那辆 MINI COOPER 已经停在那里了。等他们准备打开单元门进去的时候，楼上的女人刚好从里面走了出来。她手里提了一个粉色的书包，很新，上面印着 HELLO KITTY 的图案。楼上的女人朝李俊有些尴尬地笑了笑。等李小米进了大门，李俊准备跟着进去的时候，他看见那个粉色的书包被女人扔进了楼前的垃圾桶里。多好的书包，李俊有点惋惜。不过，他相信那个书包很快就会有新主人的。每天都有很多老头老太太在垃圾桶里翻拣东西，能用能卖的东西很快就会有人捡走的。

中午吃完饭，李小米在她的房间里画一会儿画，李俊在客厅里翻一会儿书，然后午休一个小时。他们下午出门的时候，没有听到楼上鞋跟敲在地板上的声音，以及窸窸窣窣的声音。那辆深绿色的 MINI COOPER 依旧停在楼前。

下午五点半接到李小米，走回家后，李俊开始准备晚饭，李小米自己在房间里写作业。李丽要六点才回来。煮上稀粥，李俊在案板前切菜的时候，楼上窸窸窣窣的声音准时响起，接着是开门关门的声音，过了一会儿，楼下的门咯吱一声开了，又关上了。然后，几声略显兴奋的狗吠传了上来。李俊踮起脚，朝窗户外望了出去，看见楼上的女人牵着她的狗出去了。三只狗照例先是在楼下东侧的几棵桃树下，各自抬腿"做了记号"，然后张大嘴巴，伸出半截舌头，左顾右盼了一会儿后，便拖着女人迫不及待地朝河边去了。

等李丽一回来，他们就开饭。吃完饭，李俊洗碗，李丽陪李小米做作业。李俊也想陪李小米做作业，可李丽不让。李丽觉得李俊不认真，老是凑合，这样没法让李小米养成好习惯。收拾完，李俊坐在客厅里，拿起这几天一直在翻的一本书看了起来。没过一会儿，李丽在里面又嚷嚷开了，李俊的书就看不进去了。不过，他知道自己不能进去干涉，一进去李丽很可能会嚷嚷得更大声，那样对李小米更不好。

自从李小米上了小学之后，李丽就好像变了个人似的，动不动就上火。忍无可忍的时候，李俊跟李丽也吵过，吵过很多次，吓得李小米哇哇大哭，左邻右里估计都听见了。可吵架吵不来美好生活，只会让人对眼前的生活越来越厌烦和失望。没办法，李俊只能退一步，虽然没能换来风平浪静，可总归比以前好一些。李俊不知道鸡飞狗跳是不是所有孩子上了小学的家庭的常态，他只知道许多家庭都是这样。隔着窗户，他经常听到许多孩子的哭喊，以及许多大人歇斯底里的吼叫。每当此时，李俊就像一不小心窥探到别人家里不堪的秘密一样，因为无能为力，所以心存愧疚。后来，他觉得自己家的不堪，肯定也被别人不经意间听到了，只是别人是什么样的心情，他不知道罢了。

晚上七点的时候，李俊起身来到了外面。尽管穿着外套，他还是觉得有些冷，似乎冬天已经埋伏在了不远处。

在河边走了一个来回，李俊又转回小区，径直走进对面的那栋楼。李俊没有坐电梯，而是走步梯来到了六楼。他站定在楼道北侧的窗户旁，等到头顶自动亮起的灯自动灭了，又过了一会儿，才从怀里掏出了望远镜。这是他买来观鸟的。

李俊站在窗前，望向对面那栋楼的五楼。他看见两只白色的沙皮狗在客厅里跑来跑去，好像在追着玩什么东西。那只黑色的串串趴在靠近阳台的贵妃榻上，好像睡着了。在小黑狗的里侧，一双小腿正悠闲自在地晃悠着。后来，那双腿站了起来，李俊看见女人进了房间，窗帘上的人影走来走去，然后又移到了客厅里，躺在了小黑狗的旁边，一双小腿继续有节奏地晃悠。

最近一个月，几乎每天晚上，李俊都会站在对面的楼上，观察一会儿楼上的女人。他很想知道，一个女人和三只狗的生活，究竟是什么样的。李俊觉得这不应该叫作偷窥，偷窥含有猥琐的意味，他只是好奇而已。他观察了快一个月了，楼上的女人和她的三只狗的生活，实在没什么特别的，甚至可以称得上乏味。在他眼里，楼上的女人的生活应该是不一样的，可究竟应该是什么样子，他就不知道了。

李俊回到家的时候，已经快九点了，李小米已经写完作业，在玩她的橡皮泥，李丽也一副贤妻良母的样子。这是他们家每天最幸福的时刻。李小米用橡皮泥做了好多不同颜色、不同形状的棒棒糖，拿到李丽和他面前，让他们吃。他们张大嘴巴，啊呜啊呜地假装吃得津津有味。李小米高兴得手舞足蹈。李俊觉得李小米太容易快乐了，每天那么多的作业，那么多的批评甚至怒火，可她还是很容易快乐起来。她毕竟还是一个孩子，可终究会长大的。

玩了一会儿橡皮泥，画了一会儿画，吹了一会儿口琴，李小米该洗漱睡觉了。洗漱完，李小米躺在床上，李俊靠在她旁边，给她讲了一会儿故事。这几天讲的是那本《天蓝色的彼岸》，李小米听得很入迷，她很喜欢这个神奇而又温暖的故事。每天晚上睡觉前，李俊都会给李小米讲故事，这个习惯从她不到一岁的时候就开始了。李小米很期待睡前的故事时光，李俊也很期待。

讲完故事，李俊亲了一口李小米，对她说了晚安，轻轻地拉上门，来到客厅里，继续翻他这几天看的那本书。看了大概十几页的时候，李俊忍不住打了好几个哈欠，然后起身来到卫生间，快速地洗漱完，准备睡觉。

李丽有点儿好奇地问："你今天怎么睡得这么早？"

李俊又打了一个哈欠，说："困了。"

李丽没再说话，继续看她的手机。李俊知道李丽几乎从不看那些垃圾视频或者资讯，她一般都在看育儿的东西，比如怎么当一个合格的好妈妈，或者女孩应该怎么养之类的文章。

躺下后，李俊侧耳细听了一下，没听到楼上有什么动静，说话声、走路声、狗吠声都没有。

去年这个时候，也就是李小米刚上一年级的时候，几乎每天晚上，李俊都会听到楼上传来女人歇斯底里的吼叫声，然后就是女孩恐惧不已的哭泣声。两种声音飘进李俊的耳蜗里，撕扯着他，让他不安，渐渐成了难以逃脱的梦魇。几个月后，楼上歇斯底里的吼叫声和恐惧不已的哭泣声突然消失了，从此再也没有出现过。

在睡意来临、眼皮合拢之前，李俊在心里对楼上的女人说了声晚安。或许，这声晚安不只是对楼上的女人说的，也是对这个世界说的。

酒鬼

大门敞开着，民民叉着腿坐在门槛正中间，擎着一瓶绿脖西凤，一仰脖子咕嘟灌一口，一仰脖子咕嘟灌一口。民民半个月没刮胡子了，胡子像荒草一样把他的脸罩了个严实，只露出核桃大的一点脸蛋和布满血丝的眼睛。他依旧穿着在药房上班时的那身藏蓝色的中山装，衣服上满是灰尘污垢甚至鼻涕之类的东西。每灌上两三口，民民就瞪大了眼，满脸的愤怒和狰狞，咬牙切齿地咒骂着。民民就这么不停地骂，骂得唾沫四溅，骂得口干舌燥。骂累了的话，他就低下头闭着眼睛歇缓一会儿，然后灌几口绿脖西凤继续骂。他已经这么连喝带骂了半个月了，骂得左邻右舍见了他都得绕着走。

民民喝酒骂人的时候，一句一个"你如何如何"，村里往来从他家门前经过的人，都要慢下脚步或者干脆停下来，心里颇为困惑地想着：民民为啥要无端地骂我呢？我哪儿惹了他了？想来想去，想不出个所以然来。民民骂得理直气壮，这使得以为被骂的人想要质问民民的时候，没来由地还有点心虚，甚至不敢跟民民对视。以为被骂的人好不容易鼓起勇气看向民民的时候，又一时不能确定民民是否看见了自己。民民的眼睛虽然直视着前方，朝着面前的人恨恨地骂个不停，却又似乎根本没看见眼前的人。他的眼睛好像穿透了这个人的身体，看向了很远很远的地方。

　　这天，家在造纸厂背后的十爷从村北头掀花花回来，老远就听见民民骂人的声音，骂得一句比一句难听，浪一样一声比一声高。十爷心想：这民民坐在门口骂谁呢？谁把民民惹下了？从来没见过这么火大的民民。十爷想着等他走到跟前，一定要问问民民，顺便劝劝民民。民民见了他，向来礼数周全，肯定会听他几句劝的。可等他走到跟前，还没来得及张口，惊讶地发现，民民目眦尽裂地看着他在骂个底朝天。十爷以为自己背后还有个谁，转来看去没有人，就他自己一个站在民民家门前的村路上。十爷突然有点蒙，不知这是咋了，心里直犯嘀咕，甚至还有一丝丝害怕。村北住的文革刚好路过，赶紧挽着十爷的胳膊，边走边跟十爷耳语了一番。十爷听了不住地点头说："我就说我一辈子没惹过谁呢，更没惹过他民民么，民民也从来不是那个样子么，哎嗨嗨，你看看，好好的一个人。"十爷走了好一截了，忍不住转过头来对民民喊着说："民民你把心放宽，世上没有过不去的火焰山。"可民民根本没看向十爷，民民还在直视着眼前，灌着他的绿脖西凤，骂得唾沫横飞，而他眼前空无一人。

早上扫完院子，民民媳妇准备扫门道跟门前的时候，对坐在门槛上的民民说："民民你还起来了个早。"民民瞪了他媳妇一眼没说话。其实，民民昨天晚上根本没回屋里头睡，他就睡在门道里，民民媳妇明知故问，民民可不得瞪她一眼。

以前，民民觉得他真是娶了一个好媳妇。现在，民民一点儿都见不得他媳妇。他跟他媳妇一句话都不想说，最多拿眼窝剜她一下。他看见她拉着风箱烧火做饭就恶心，他看见她扭着屁股走来晃去就恶心……他甚至不愿意跟她在一个家里待了。她应该另外给自己找一个家，那样她就不会一天到晚在自己眼前晃悠得他头疼了。民民媳妇一点儿都不跟民民计较。她就当民民由她男人变成了她娃，她慢慢哄着民民，民民就又长大了，心里积攒的那些窝囊气就不见了，就又是原来的那个民民了。

转眼到了晌午，民民媳妇还没有回来，一般情况下她都会准时回来做饭的。尽管民民一天喝到晚，但人毕竟是肉做下的，不吃饭可不行，民民媳妇可不是那种让自家男人吃不上饭的人。可这天晌午，民民媳妇迟迟没有回来。过了饭点好一会儿了，民民媳妇才挽着蒙蒙的胳膊回来了。蒙蒙老远就喊民民爸，拉长了嗓子喊"爸——"。民民看见蒙蒙手里提着一样东西，那样东西在蒙蒙手里晃荡着，朝他一点一点靠近。蒙蒙走到民民跟前，把手里提着的塑料袋举到他眼前，笑嘻嘻地说："爸，赶紧起来回屋里吃饭，我给你买的凉拌饸饹，里头还加了三块钱的猪头肉。"
民民看了蒙蒙一眼，又看了蒙蒙一看。他不知道蒙蒙为啥突然就
回来了，还挽着她妈的胳膊一块儿回来了。

蒙蒙在县秦腔剧团里学戏呢，包吃包住，一个月给点零花钱，
学到十六岁就能唱上折子戏，跟师傅们一样挣上工资了。蒙蒙去
学戏还是因为民民。民民一直爱听戏，听得多了就跟着溜两句。
民民有一个收音机，以前走到哪儿都带着他的收音机。在药房上
班不忙的时候，民民就用收音机搜放秦腔的电台，搜到了就听，
就跟着顺嘴溜。药房里的同事，还有抓药的人见了，都笑着说：
"你看人家民民这日子过的，天天高兴得唱戏呢。"回到家，或者
去地里干活的时候，民民也带着他的收音机，没事就听秦腔，就
跟着顺嘴溜，偶尔也跟着一起吼，吼得酣畅淋漓。

民民跟着收音机或溜或吼秦腔的时候，他媳妇始终笑眯眯
的，很欣赏地看着自己的男人在用秦腔表达着自己的幸福，而这
幸福里头无疑有她很大的一份功劳。拴牢就不一样了。拴牢是民
民的儿子。拴牢一听见他爸唱秦腔就头大。他不爱听秦腔，尤其
是不爱听他爸唱秦腔，特别是他爸还有些五音不全。可他劝不住
他爸，他还没张嘴劝呢，只是面露不悦，民民就瞪着他说："你
要不爱听就把耳朵塞住。"这时，蒙蒙就会说拴牢："哥你就让爸
唱么，爸唱个秦腔又不咋，总比村里那些男的成天在牌场场酒场
场上跑强。"民民爱听蒙蒙说这话，这话说明他没白疼蒙蒙。他
不像村里那些人重男轻女，他尽量把一碗水端平。

蒙蒙跟着他爸听秦腔听多了，听他爸唱秦腔唱多了，慢慢也会跟着溜几句。时间一长，大段大段的戏文蒙蒙都会唱了，还唱得有模有样。民民对此很惊讶也很高兴，他笑着对蒙蒙说："我的好蒙蒙，你可比你爸我唱得像样多了，你再这么唱下去，我看迟早得唱到戏台子上去。"蒙蒙不说话，只是腼腆地笑。民民觉得蒙蒙命里说不定该是个角儿，该描眉画眼，该凤冠霞帔，该上台唱念做打，该被台下千人万人叫好鼓劲拍巴掌。不仅民民觉得蒙蒙戏唱得好，村里人都说蒙蒙戏唱得好，常撺掇着蒙蒙给他们唱一段呢。撺掇的人多了，次数多了，蒙蒙就扭扭捏捏地给他们来上一段，他们就给蒙蒙叫好鼓劲拍巴掌。如此一回两回三回好多回，慢慢地，蒙蒙就不那么扭捏了，当着一堆人唱起来自然大方多了。

村里有人家过白事，照例请的自乐班来门前棚子底下唱几折戏，村里老老少少都来凑热闹。自乐班的人歇缓的当儿，围在棚子最前面的几个老婆儿忍不住说："我们村里有个女子唱秦腔唱得可好了，不信让她唱给你们听一听。"自乐班的几个人笑了一下说："那就让我们听一听她唱得有多好。"一堆人就一声长一声短地喊蒙蒙。蒙蒙就在人堆里呢，她也来听戏了。蒙蒙被人推到棚子当中，自乐班的人就给她拉二胡的拉二胡，拉板胡的拉板胡，敲扬琴的敲扬琴，打竹板的打竹板。蒙蒙听出来了，是《铡美案》选段，她就唱了秦香莲的一段戏，一唱就把自乐班的人唱服了。他们回去就给县剧团的人说："清水村有个女子是个唱戏的苗子，老天爷赏饭吃，你们一定得去看一看。"县剧团的团长就寻到了民民家，让蒙蒙当面给他唱了一段，蒙蒙就又把团长唱服了。团长要带着蒙蒙走的时候，民民没拦着，只是心里很复杂。他以前想象着无数回蒙蒙登大台唱大戏的情景，等如今蒙蒙真的要去剧团当一名真正的戏子的时候，他却有点儿吃不准了。民民说："蒙蒙你想好。"蒙蒙说："爸我想好了。"民民说："这可是关乎你一辈子的大事。"蒙蒙说："爸我知道。"然后，蒙蒙就背着行李跟团长走了。走的时候，团长给民民拍着胸脯说："娃跟着我你把心尽管放肚子里，娃以后唱出名了你也跟着红火了。县城就隔了一架沟，又不是十万八千里，你们想见就见上了，想回来也就回来了，不要弄得跟生离死别一样让娃难受。"

　　时间过得快得很，蒙蒙已经学了三年戏了，今年已经虚岁十五了，出落得亭亭玉立，是一个大姑娘了。县里各个乡镇的大集，请县剧团去唱大戏的时候，蒙蒙都会跟着去。蒙蒙给师傅们端茶倒水，帮着师傅们穿衣化装，弄这弄那，偶尔也会上台演个丫鬟啥的唱几句。县剧团去年来清水镇集上唱大戏的时候，蒙蒙就上台唱过几句。听说蒙蒙要上台，清水村的人都拥到老戏院看戏去了。蒙蒙刚一出场，清水村的人把嗓子都喊哑了，把手都拍肿了，阵势大得把台上台下不知情的人都搞蒙了。民民跟媳妇当时也挤在人群中，民民没喊也没拍手。他看见蒙蒙迈着戏步出场之后，就眼窝发红了。蒙蒙一张嘴唱戏，声音被大喇叭扩得在天地间回荡不止的时候，民民就泪流满面了。周围的人都说："你看看，把民民高兴得都哭了，女子出息了怪不得呢。"

在县城好好地学着戏呢，没放假没啥事的，蒙蒙咋忽然回来了？民民想。其实不用想，肯定是他媳妇把蒙蒙叫回来的。民民冷着脸看着蒙蒙说："你咋回来了？"蒙蒙说："我没事就回来了，回来看看你跟我妈。"民民说："说得轻巧的，你以为剧团是自个儿屋里开下的想走就走，你是去剧团度假去了得是？"蒙蒙说："爸看你说的那话，我偶尔才请一回假，绝对不会影响正事的，你放心好了。"民民说："我放不放心不重要，好坏都是你将来的事，你自己看着办，我闲操心呢。"蒙蒙说："爸你再别多心了，也再别窝火了，不上班就不上班，我马上就能挣上工资了，屋里的事也能帮上忙了。"民民感到脸烧得跟树上熟透了的柿子一个样。民民说："你走你走，我不想跟你说话，我是死是活跟你没关系。"蒙蒙说："爸你咋是个这？你说这话多伤人心，咱是一家人么，咋能说出这么伤人的话呢？"民民红着脸说："我民民亏了人了，羞了先人了，一无是处成了废人了，以后要靠婆娘跟女子养活了得是？"蒙蒙说："爸看你说的，越说越过了，让我说啥呢？"蒙蒙还想继续说，民民媳妇拉住蒙蒙的胳膊就走，使劲给蒙蒙使眼色，小声给蒙蒙说："你快少说几句，把你叫回来给你爸宽心来了，不是让你来跟你爸较劲来了。"就这样，蒙蒙回来连门都没进去，就又回县上去了。

把蒙蒙送走，民民媳妇回来的时候，语重心长地对民民说："知道你心里窝火，可总不能这么一直窝火下去啊！一村人都快叫你骂完了，再这么骂下去咱在村里还活不活人？咱老的不活人了后人还要活人呢。你喝也喝了这么多天了，骂也骂了这么多天了，天大的火也该灭了，天大的气也该消了，就别坐在门槛上让人笑话了。咱回屋里，明儿个起翻篇，好好过咱的日子，让他们知道花开百样人也活百样。咱先回去吃饭，再不吃饸饹就坨住了。"

民民有些后悔刚才对蒙蒙说的那些话。两个多月没见蒙蒙，娃好不容易回来了，结果连家门都没进去就被他气走了。民民觉得他这个爸似乎有点不通人性。他头也没抬，看着地上的几只蚂蚁说："你把饸饹放下，我就在这儿吃，这儿敞亮。"民民媳妇叹了一口气，把饸饹放在门墩子上，转身回屋里去了。民民吃着饸饹的时候，尤其是吃着饸饹里拌的猪头肉的时候，羞愧得眼泪差点儿下来了。民民想，他真是要了个好女子，真是没把蒙蒙白疼一场。蒙蒙还没真正挣上工资呢，一个月就发那点零花钱，还要给她自己买洗的抹的用的，就这，还想着给他爸买一碗猪头肉拌饸饹。蒙蒙知道他爱吃猪头肉拌饸饹，他觉得肘子拌都没有猪头肉拌着香，他就认这一口，蒙蒙就记在心里了。

尽管民民想把一碗水端平，可实际上他还是偏拴牢。毕竟在农村呢，指望儿子撑门立户呢，有儿子没儿子可太不一样了，没儿子不被人欺负死，也得叫人成天在背后指戳得你腰都直不起来，在人前气短言轻。可拴牢从小跟他就不对付，成天跟他唱对台戏，顶着上呢。民民喜欢啥，拴牢偏不喜欢。民民厌烦啥，拴牢偏要做。他再骂，甚至踹拴牢两脚，拴牢还是要做。拴牢硬着脖子，犟着驴脸说："有本事你把我打死，打不死你就不是英雄好汉。"有时，民民真想把这货打死算了，可打死他就没儿子了，大多数时候，他气着气着就不气了，毕竟还是个娃。再说了，男娃娃也不敢太听话，太没脾气净受欺负呢，以后长大了咋撑门立户？这么想的时候，他不但一点儿气都没有了，甚至还有点儿高兴。

可民民现在不这么想了，事实上，从他不去上班，坐在门槛上喝了这么多天酒，骂了这么多天之后，就不这么想了。他在这儿喝的骂的全村全乡人都知道了，他就不信拴牢不知道。即便他在县城高中念书，学业重得很，可他爸出了事了，出了这么大事了，他就真的挤不出一丁点儿时间回来把他爸看一下？不说为他爸出一口气了，哪怕陪一陪他爸，给他爸说一两句宽心话，他爸说不定把心里的疙瘩就解开了，就不再坐在门槛上让人当猴看了。可拴牢一直没回来，更别说安慰他了。民民觉得拴牢好像一直没有把他当爸，从小到大都没有。如果拴牢以后考上学落脚城里了，估计更不把他这个爸放在心上了，甚至说不定给人说他跟孙猴子一样，是石头缝里蹦出来的。说不定拴牢念书念得好，就是想跑得远远的，离他这个爸远远的，跟他这个爸生活在两个世界，过两种生活。他哪儿像蒙蒙那样，一知道她爸有事就赶紧回来了，回来的时候还不忘给她爸买一碗凉饸饹，还不忘给里头拌几块钱的猪头肉。即便她爸没领她的情，把她气得不轻，连门都没进就又回县上去了，可民民知道，蒙蒙是不会跟他置气的。蒙蒙知道她爸心里不痛快，知道她爸再怎么都是她爸，她不能跟她爸置长气。可拴牢就不一样了，拴牢已经翅膀长浑全了，已经飞到县城去了，翅膀再硬些，估计就毫不犹豫地飞到长安城，甚至飞到北京、上海去了。

偶尔，民民也会想，他一下子撂挑子不干了，是不是太意气用事了？毕竟，他已经到了不惑之年，家里一双儿女还没有成家，以后用钱的日子还长着呢。可他干不成了，干不下去了，再干下去就不是个人了。人家不把他当人，他再不把自己当人，那就实在枉活一世了。

他可绝不是一时冲动，毕竟，他在药房干了将近二十年了，从小伙后生干到中年男人。他闭着眼睛都能从他屋里头走到街道药房里头去，闭着眼睛站在柜台后面，给人取西药抓中药，绝不会出一点儿差错的。就那么大一点点地方，他看了二十年，摸了二十年，闻了二十年，可不熟悉得不能再熟悉了嘛。

刚去药房那会儿，民民还是一个毛头小伙。当年高中毕业时，他没上成大学，回到屋里种了几年地，地种得他爸成天长吁短叹。没办法，他爸就求上了村主任家门，他爷跟村主任他爸是亲兄弟，村主任就想办法把他弄到街道药房去了。民民以为去了药房，就是公家的人了，就算是吃商品粮了，可不是那么回事。不过村主任还有药房里的老师傅都给他说："只要你好好干，迟早有一天会吃上正儿八经的商品粮的。"民民也是这么想的。他计划着，三五年之后，就从乡上的药房干到县上的药房去，那才叫彻底改变命运。

当时的民民天天来得最早，把药房的地扫得一尘不染，把柜台还有后面的西药架和中药橱擦得闪闪发亮。他借了和买了西医、中医方面的好多书，看了又看，把书都翻烂了，甚至把药房里所有药的说明都背了下来。一年多后，不但是民民自己，就连药房里的其他人，包括前来抓药买药的乡亲，都觉得民民是药物方面的一个专家了，甚至差不多是一个医生了。很多人有啥不舒服了，先不去找大夫看，而是直接来药房找民民，让民民看看自己这是咋了，让民民先给自己开点儿药吃吃看。大都是头疼脑热的病，民民胆大，心里也有底，基本上都能应付得来，慢慢就为自己赢得了一些名声。

民民来药房的第二年，药房又来了一个小年轻，比民民小三岁，叫小红。小红人长得好看，招人疼，许多人都喜欢，民民也喜欢。民民天天跟小红一起站柜台，一起吃食堂，一起打扫收拾，一起关门上门板。民民想着自己近水楼台，天天跟小红从早到晚在一块呢，迟早还不得睡到一张炕上去。小红一直叫民民李师傅（民民姓李）。民民说："小红你别叫李师傅，叫李师傅把人都叫老了。"小红笑着说："不叫李师傅叫啥呢？你们都来得早，都比我有经验，叫师傅对着呢。"民民说："你别叫师傅，叫师傅听着见外，你叫哥。"小红说："还是叫师傅吧，叫哥咋能成呢，叫哥听着怪怪的。"无论民民咋劝说，小红就是不叫哥，还是叫他李师傅。民民就想着，李师傅就李师傅吧，到时候就不是李师傅了。

一年之后，小红把喜糖塞在民民手里的时候，民民才知道小红要嫁人了。他愣怔了好一会儿才开口说:"小红你咋结婚了呢？"小红笑着说:"人都要结婚的呀,李师傅你也抓紧找。"民民说:"小红你你你咋不提前说一声,我我我一点儿都不知道这事。"小红说:"都怪我都怪我,你以后可不敢学我,有了对象第一时间要广而告之。"民民说:"你看看这事弄的,我都不知道说啥呢。"小红说:"那你就啥都不要说了,到时候来吃席就对了。"民民就真的说不出来啥了。当民民知道小红嫁给的是街道北头的台球厅老板,那个戴假发的大高个,听说那人都三十多岁了,离过婚,有一个五六岁的儿子时,他更是没话说了。他刚开始有点儿恨小红,觉得小红太冷漠太无情太不把他当回事了。后来他就不恨了,他觉得幸好他没得到她,或者说幸好她没爱上自己。她既然能看上那个戴假发的台球厅老板,不顾一切地往火坑里跳,那就说明她的眼光很有问题,眼光的问题归根结底是智力的问题。这么一想,他就不恨了,取而代之的是恶心。他开始恶心小红,甚至恶心自己当初想要跟她睡在一张炕上的想法。

结了婚不到半年,小红就不在药房干了,去当台球厅老板娘了。没多久,小红的肚子就大了。大了肚子的小红站在台球桌跟前,看人们打球,给打球的人摆球,收钱找钱,小日子似乎过得不坏。再后来,小红就不见了,听说回去生娃照看娃去了,很少来街道了。小红从药店辞职后,尤其是回家生娃之后,民民就差不多把小红这个人淡忘了。他开始操心自个儿的事了,他不操心父母也该为他操心了。隔年,他就跟他婶的娘家侄女,也就是他现在的媳妇结了婚。

民民原先想着，好好提高业务能力，认真工作，一直干到县上的药房去，后来才知道太难了。就这一份药房抓药的营生，多少人都想挤破头进来呢。他的工资虽然不算高，可毕竟月月有进项，可比村里那些成天撅着屁股在土里刨生活的人强得多。再说了，街道就在村跟前，在药房上班一点儿不耽误屋里的活跟事。这份有工资又体面又方便的营生一般人打着灯笼都找不着。如此一想，民民也就不纠结了。他觉得就干着吧，反正人一辈子就是这么个，还能啥事都如意？

就这样，民民在药房一干就是将近二十年。二十年过去了，民民还是一个临时编制，不过工资是涨了的，虽然没有人家正式工涨得那么多，可好歹涨了。民民觉得很满足了。他觉得自己是一个知足常乐的人，关键他也命好，有一个好媳妇，这个好媳妇又给他生了一对好儿女，让他过上了许多人羡慕的好生活。

要是库房的老王不自个儿修理粉碎机就好了，要是管药房的领导江国庆不说那句话就好了，或者没有当着民民的面儿说那句话就好了。

库房的电线老化了，许多设备早该更新换代了，报告打上去多少次了，可领导一直在研究，谁也不知道要研究到啥时候，所以一直就凑合着用。这天，库房的粉碎机又坏了。粉碎机动不动就坏，跟别的机器动不动就出毛病一样，一出毛病老王只好自己修。民民进来库房笑着说："老王都会给机器看病了。"老王无奈地一笑："哎嗨嗨，有啥办法呢。"民民说："你操个心。"老王说："我知道。"民民就出去了。过了好一阵，民民再去库房取东西的时候，就发现老王躺在地上不动了。民民愣了一会儿，才失了声叫老王。可老王听不见民民的呼喊声。老王死了。老王不是被粉碎机绞死的，而是被粉碎机上连的电打死的。

人已经死了，也只能用钱来安抚活着的人，只不过是钱多钱少的问题。老王的家人跟老王一样，实诚得很，也没想着闹事啥的，只是歇斯底里地哭到了药房里，歇斯底里地哭着把老王拉了回去。民民听说，好像给老王赔了五万元，人家不叫赔，叫慰问金。民民心里想，好好一个人，就这么没了。

埋完老王，过了几天，管药房的领导江国庆来药房检查工作，药房几个人包括民民陪前陪后，听着江国庆背着手对药房提意见和建议，一个个不停地点着头，拿笔在小本本上记个不停。江国庆检查完临走的时候，身边只剩下药房领导还有民民了，其他人都忙去了。江国庆站在药房门口，语重心长地说："以后啊，你们这个安全工作可得上点心，可不敢麻痹大意再出事。这事幸亏是出在了老王身上，要是出在正式工身上责任可就大了，工资得罚、资金得扣，相应的领导都要跟着受处分，这就牵扯太大了。"说完，江国庆就走了，药房领导也忙去了，民民站回到他的柜台前。可他不想再站了，他觉得老王死得实在太可怜了，他觉得自己活得也实在太可怜了。人不该这么可怜地活着，可许多人甚至大部分人就是这么可怜地活着，活得人模人样，可实际上根本算不得一个人。民民这么一路想下去，就觉得自己豁然开朗了，把多少年没想明白的做人的大问题想明白了。

从第二天起，民民就再没去药房上过班。药房的人不知道民民咋了，他们来民民家问民民："民民你咋了，一声招呼不打就不来了？"民民笑着说："突然就不想干了，一刻都不想再在药房待了，待了二十年了，待得够够的了。"同事们见民民不肯多说也没强求，走的时候劝说道："民民你想回来了再回来，领导说你没功劳也有苦劳呢，就当给你放假了，领导说他明儿个也来看你啊，说你是咱药房的老模范，还指望你给年轻人立标杆传帮带呢。"民民嘴一撇说："让他别来，他要来我非给他脸上唾不行。"同事们回去了，领导自然也没来。民民成了闲人，闲了几天之后，民民的豁然开朗突然又没有了，就开始坐在门槛上喝着绿脖西凤骂人了，一直骂了这么多天。

吃完蒙蒙给他买的那碗猪头肉拌饸饹，喝了几口酒，民民觉得他实在有些累了。他想自己肯定不能一直这么坐在门槛上，一直这么喝下去骂下去，没有人能这么过一辈子，他也不能，主要是他也不想。可到底喝到什么时候结束，骂到什么时候是个完，他还没想好。他觉得有点晕晕乎乎，他想睡一觉，睡起来再继续想这个问题，再盘算下一步自己该怎么办。他挪了挪屁股，把屁股挪到了门槛角角，靠着门槛角角睡着了。他一觉睡到半下午，迷迷糊糊醒来后，就又想起了那件窝火的事，把睡觉之前的想法忘了个干干净净。民民的火就继续烧了起来，烧得他继续给喉咙里灌绿脖西凤，继续唾沫四溅地骂天骂地骂人骂鬼骂畜生。

将近傍晚的时候，也就是民民媳妇打算从她神婆姑家的炕上下来，回去给民民跟她做晚饭的时候，双双摇摇晃晃地从民民家大门口走了过来。双双是清水村著名的浑人，吃喝嫖赌占齐全了，把好好的光景就这么糟践了，把媳妇跟娃折磨得跟别人跑了，剩下他一个人更是破罐子破摔啥也不顾了，派出所都进去的不爱进去了。

这天的双双又喝高了，踩高跷似的从民民家走了过去，又折了回来。双双发现民民在骂人，可民民眼前除了他再没有旁人了。双双觉得民民这人真有意思，他就想好好跟民民说道两句，结果民民张嘴就开骂。双双也毫不客气地还起嘴来。最后，双双嘿嘿一笑，三五步跳到民民跟前，拳头和脚就往民民身上抡，一下就把民民撂倒了。撂倒还不算，双双又骑在民民身上，左右开弓扇着民民的脸，边扇边叫骂着。打得鼻血糊了民民一脸，双双这才从民民身上起来，退回到马路上，朝着躺在地上的民民说："今儿就便宜了你，再有下次可不客气了。"

等民民媳妇走到家门口的时候，发现原本应该坐在门槛上的民民，正四仰八叉地躺在大门口，脸上全是血，酒瓶子已经滚出十几米远。民民媳妇以为民民被人打死了，惊得浑身战栗，一口气差点儿没缓过来，刚缓过气来，准备爬趴在民民身上号哭一场的时候，民民自个儿坐了起来。这下又把民民媳妇吓得不轻。民民媳妇小心翼翼地问："民民你这是咋了？你刚还躺在地上一动不动，咋又忽儿一下坐起来了？"民民瞪了他媳妇一眼说："你得是盼着我躺在那儿不动弹、鼻子里不出气得是？"民民媳妇说："不是不是不是的，看你说的，我还能那么想，你还没给我说你这是咋了。"民民说："别问了，赶紧把拴牢给我叫回来。"民民媳妇说："娃念着书呢叫回来弄啥啊？有啥事咱自己想办法解决就对了。"民民说："养儿千日用儿一时，他现在不回来，以后就不要回来了，就当我没他这个儿。"民民媳妇说："那也得让娃知道为啥叫他回来啊！"民民说："叫回来就知道了。"然后，民民就不愿意跟他媳妇说话了，甚至连他媳妇一眼都不看了。还是邻居给民民媳妇说了双双把民民打了的事。民民媳妇听了觉得双双虽然是一个浑人，可这事似乎也不能完全怪双双，民民成天这么坐在门槛上喝啊喝骂啊骂，迟早就得跟人干一架，只不过正好碰上双双了。民民没打过双双，不过双双也没把民民打成啥样，只是皮外伤休息几天就没事了。可民民非要把拴牢叫回来，民民媳妇就是不叫。其实，民民被双双打了的事，有人给拴牢说了，拴牢说："那我回去把双双杀了去？"拴牢到底没回来。

第二天，民民继续坐在了门槛上，继续喝着骂着，只不过这回有了对象，不是打了他一顿的双双，而是他儿子拴牢。民民叉着腿坐在门槛正中间，擎着一瓶绿脖西凤，一仰脖子咕嘟灌一口，一仰脖子咕嘟灌一口。每灌上两三口，民民就瞪大了眼窝，满脸的愤怒和狰狞，咬牙切齿地骂开了。民民骂拴牢不孝，不知道给他爸报仇雪恨，不知道给他爸撑门立户，不知道给他爸长脸面，不知道他爸活得不像个人，就知道念书念书念书，书把他念得六亲不认了，连他爸是谁都不知道了，念书念到天上去顶球用呢？民民就这么骂着喝着，喝着骂着。他比之前喝得更多了，骂得也更凶了，有时甚至还哇哇大哭，哭得一把鼻涕一把泪。民民就这么喝着骂着哭着，过了一天两天三天，第五天就把自己喝倒喝硬了。

这下拴牢回来了，回来给他爸摔纸盆来了。拴牢只是眼窝红，没淌一滴眼泪。摔完纸盆拴牢就走了，念他的书去了。后来，他果然越念越远，一直念到外国去了。蒙蒙是哭着回来了，也是哭着走的。过了几年，蒙蒙能唱大戏挑大梁了，在台上哭得更好了，真哭假哭简直分不清，把台下看戏的人惹得眼泪一长串。民民媳妇没了家累，就去当了神婆。她当了几年神婆，又当了尼姑，一天到晚念经敲木鱼吃斋饭，一直当成了老尼姑，法号慧明。好多年后，好多人已经不知道民民媳妇这个人了，只知道慧明师傅。慧明师傅自己也已经忘了有民民这么个人了，甚至连民民媳妇是谁都不知道了。她觉得自己好像一直就是慧明师傅，好像生来就是慧明师傅。

后记

我从没有想过，自己能成为一个所谓的作家。即便是现在，我也不认为自己是一个作家。作家一词，在我看来，是太过神圣的称呼，一方面闪着光，一方面流着血，关乎真诚与勇敢。当然，还有才气。这三样，我都很惭愧。

写作对我来说，并非像别人那样，有着远大抱负。我一介小民，即使有心干一番大事业，却也深知自己几斤几两。我之所以写点文章，写得不好，还写了这么多年，以后估计还会继续写下去，无有其他，只是为了救治自己，想着把心里经年累积的那些焦虑、困惑或者不堪，用另一种方式倾倒出来。或者说，我用文字的方式，经常性地，持续性地，对残缺不全的自己，进行一些修修补补或者挽救，如此而已。

我把自己当病人看，这病去医院没用，大夫无能为力，只能自己想法子。而我，把文字当成一味药，在安静无人处服下它，期望它像一束光似的，照亮自己那些不为人知的角落。在文字的安慰和鼓舞下，我接受了自己的过去，也接受着自己的现在，还将接受自己的未来。接受，或许也可以称作和解。我在和自己和解，在拥抱自己，这是一个漫长的过程，或许，一辈子都不见得够用。

倘若这些为救治自己而写下的文字，碰巧被人读到，且在这些文字里，找到了一些安慰，那就是额外的收获了，这是我想过，但并没有奢求太多的。我生在渭北乡野，兜兜转转，落脚于一个塞北小城，远离亲朋，被迫拿起笔来，回望一路走来的人和事。写着写着，自己和世界的距离，便有了变化。自己和往事的距离，也有了变化。这种变化，我无法言说，只好继续写下去。

按我现在的理解，不管是写作，还是干别的什么，首先得真诚，才能谈得上其他。真诚这玩意儿，跟许多别的东西一样，说起来容易，做起来难，尤其在我们这里，对"真诚"二字，有太多的误解，以至于云遮雾罩。许多人连对自己真诚都很难做到，遑论其他。我个人的写作，都是尽量从"小我"出发的。对此，我一点儿都不觉得惭愧，甚至觉得，我笔下的文字，小得还不够，还多多少少，处在"大"的阴影之下。在书写"小我"的路上，我还要继续努力，要把这条道走到黑。

我原以为，自己的第一本书，应该是一本散文集，没想到，竟然是一本小说集。如同没写小说之前，我原以为，自己是写不了小说的，没想到竟然也写了，还写了不少。尽管小说是虚构的东西，但我在小说里，感受到了另一种真诚。这种真诚，一点儿不比非虚构类的文章少。当然，还有自由，和真诚一样珍贵的自由。如果读了这本书的人，用了点儿心，或者说了解我，他一定会明白，这些虚构的文字里，藏着怎样一个我。我写下的这些故事、故事里的人，有我认识的，也有不认识的，但我写下的不是他们，不是任何一个别人，都是我自己。我把自己掰开揉碎，塞进一个个故事里，让他们替我说话，替我活着。但我不做上帝，我很卑微，那些故事里的人，也很卑微，上帝也无法改变，更别说我自己了。

每当有文章发表，样刊寄回来，女儿都会拿起来，翻到有我文章的那一页，表情夸张，大呼小叫，搞得我很不好意思。她还小，对我这个父亲，既害怕又崇拜，天真地以为我差不多就是这个世界上最厉害的人物。现在，她十一岁了，很快就会长大，离我而去。长大后，她就会发现，我是一个多么平庸甚至不堪的父亲。但现在，她崇拜我，鼓励我，给我一种力量，让我把别人的闲言碎语，全部抛在脑后，走自己的路。哪怕这条路上，人越来越少，越来越孤独，至少还有她陪着我。即便将来的某一天，我们不再需要彼此的陪伴，也能应付这人世的多变。等到将来，她或许会比别人，比其他任何人，都能在这些文字里，发现深藏着的父亲，包括父亲深藏着的爱。如此，便足矣。

是为记。

吕不二

2024 年 1 月 22 日